为了人与书的相遇

击壤歌

朱天心

广西师范大学出版社
·桂林·

图书在版编目(CIP)数据

击壤歌 / 朱天心著 . —2 版 .
—桂林 : 广西师范大学出版社 , 2016.6

ISBN 978-7-5495-7388-2

Ⅰ . ①击… Ⅱ . ①朱… Ⅲ . ①散文集 – 中国 – 当代
Ⅳ . ① I267

中国版本图书馆 CIP 数据核字 (2015) 第 260536 号

广西师范大学出版社出版发行

桂林市中华路 22 号　邮政编码：541001
网址：www.bbtpress.com

出 版 人：张艺兵
全国新华书店经销
发行热线：010-64284815
山东鸿君杰文化发展有限公司

开本：850mm × 1168mm　1/32
印张：8.25　字数：130 千字
2016 年 6 月第 1 版　2016 年 6 月第 1 次印刷
定价：42. 00 元

目 录

代 序

胡兰成

现在有了朱天心，要来说明李白真方便。第一李白的身材生得不够高大，不过因为是男人，总比朱天心高大。有见过李白的人写他的眼睛好光彩，这使我想起《击壤歌》里的小虾的十三点，自说她的眼睛是圆的，姑娘眼睛是圆的还好看？其实朱天心的眼睛大大的真是美绝了。还有世界上最美的就是聪明。

说起李白呵，他到处饮酒游玩，热闹市区与山山水水的乡下他都玩个不厌，这也像小虾会游荡，台北的街道与宜兰的溪流都好，与爱吃处处地方的名物。只是李白没有一批死党，他不守在一处，而是一地方一地方地玩过去，到处的地方长官都仰他的名陪他游宴。李白是比王维杜甫天下闻名，像朱天文说的淡江同学都说朱天心。

杜甫比李白，犹如班固比司马迁，班固对司马迁有微词，杜甫却与李白要好。杜甫的是写情，李白的则是一股浩然之气，所以李白的出笔最快，他有许多诗都是在宴席上写的，别人请他再写一遍，就又走了样，两首都收在集里，两首都好。日本明治天皇也是在臣下的奏疏背面一写就是一首歌，可惜李白的诗有十九都散了。因此我想起朱天心写文章的快法。仙枝说朱天心写《击壤歌》有一回是一晚写了一万字，而没有一处不精彩。

以前我有一个时期忽然不满意自己起来，李白也读烦了，觉得他千篇一律，都是写的饮酒、游玩、说大话，他说英雄，我可是不要英雄。后来是到了日本，住在东京都世田谷区奥泽时，每出门在站头等电车时带一册小本的李白诗看，看到了《秋浦歌》十首，才知其真是写得平实深至极了。亦许一样会有人觉得《击壤歌》写来写去无非写的游荡吃东西，动不动就“岁月”、“山川”、“日月”、“名目”。但这是与我曾有一个时期不满意李白一样。《击壤歌》我已看到第三遍，一路的句子都想把来加圈。

李白是天之骄子，他对于世上的事物什么都高兴，又什么都不平。他比杜甫早生十年，开元年间是唐朝极太平繁华的时候，皇帝亦优礼他，又有贺知章一班朋友与他在长安宴游，当时的长安是西域胡人的商店酒店都有，佛寺道观官家都来降香，大道的两边是杨柳间桃花，花时男女结队看花，灯节男女结队看灯，李白不比杜甫的是小官，他一生到处有人一淘哄，像小虾的慷慨豪贵，他会有何不乐，顶多也不过是像小虾的无端又哭湿了一条红砖路罢了，而他的诗却曰：“人生在世不称意，明朝散发弄扁舟。”而的确也只有他这样的意气，才盛世亦可以长保新鲜。而他就在游玩过潼关时救了军营失火被问罪的营官郭子仪，是潼关的镇守司令官哥舒翰听说李白经过设宴招待他，他与哥舒翰说了，郭子仪才留得一条命，后来做了为唐朝平安史之乱的兵马大元帅。这是李白式的，不是杜甫式的。

安禄山之乱，玄宗幸蜀，太子在灵武收兵讨贼，其时道路不通，永王璘在江南亦出兵勤王，李白方游庐山，遂入其军中。尔后其成了永王逆案，李白自得郭子仪免冠替他赎罪，始得减轻流夜郎，未至即赦回。他流夜郎去时，路中地方官招宴，赦回时又地方官招宴，这一段期间他写给人家的诗都是称冤不平。读他在永王军中时作的《永王东巡歌》十一首，与《上皇西巡南京（四川成都）歌》十首，最是响亮热心。天道糊涂而不爽，李白的事不是一句话可以言明，但是我绝对相信他。他可以不要辩，他的辩亦是糊涂而不爽，像天道不言，却来鸟声叫得糊涂。他的辩只是不平，他是对盛世也不平，对乱世亦不平。真真的要从乱世开出治世，也只有靠这股气，不能靠杜甫诗里那样的情理。

唐朝的诗人最好是李白。李白诗是上承西汉，下合南北朝而成的盛唐乐府。北朝的人物史事他虽未习，可是北朝的乐舞，包括西域传来的胡乐他都喜欢，宴席上他饮醉了还自己来舞，他的诗多有用乐曲为题的，如《青海波》、《乌栖曲》。《乌栖曲》、《采莲曲》等是江南的，李白大概只是看，自己不舞。他舞的多是北方的，《青海波》外还有好多，原来诗与乐是一个，《诗经》的诗无有一首不是乐，孔子说学礼学诗，就是学礼学乐。是后世才有乐府诗与非乐府诗之别，渐至于非乐府诗倒成了诗的主体。但是礼乐文章，当然诗即乐是对的，所以文章有调，诗要吟，并非都要谱成舞乐。乐是在于乐意，不一定在于乐曲。

把李白的诗与杜甫的诗比较，李白的乐府诗多过数倍。而且李白的非乐府诗亦都是富于乐意的。朱天心的《击壤歌》像李白的诗，整个的是飞扬的，如此说明了，就可明白李白诗的伟大，第一在于诗即是乐。

李白又是第一个把士的文学与民的文学来结合在一起了。李白喜欢的那许多舞乐，都是北方的与江南的民间的，并非郊祀与宗庙朝廷之乐，为后世儒家所不屑一顾的。而李白把来作诗题。中唐时张籍亦做得好乐府诗，刘禹锡亦采《竹枝词》入诗，但皆不及李白的诗是整个的与民的文学生在一起，不止于采用。这也像朱天心的《击壤歌》的大众化，若要说她的大众化在哪里，这可是难以回答。而李白的人又是士之极致，像朱天心便也是格调极高的。李白求仙，求长生，只是因为他的人飞扬。他爱的是秦皇汉武，而又不以为然，不知道自己要怎样才好。《击壤歌》里的小虾，她但愿与这几个人永不分离，她要天长地久，却又说自己只想活到三十岁，一忽儿又想想活到四十岁也好，与李白一般的认真得可笑。

李白的诗丰富，只觉是心头满满的。《击壤歌》也有这种满满的感觉，却又并没有什么事情，有的只是满满的浩然之气，像贾宝玉对眼前诸人都是难分难舍，只愿相守到他死了，化为飞灰，然后可不管了，化为飞灰尚有痕迹，要化为一股气，吹得无影无踪。

李白是他的人满满的，所以朴素而繁华。李白的诗与《楚辞》相契至深。《楚辞》有江南的花草与迎神赛会的繁华。洞庭湖君山娥皇女英的斑竹泪，《山海经》里的烛龙这一类传说，在屈原的《天问》里多有，《诗经》里可没有。前几年在长沙掘出西汉一贵妇人墓里，即有一件女袍绣的《天问》里的龙与日月，李白最喜欢《楚辞》里这些的。还有是他与屈原一般的不安分，不过屈原的不安分自沉于汨罗江，李白却是他的人一股气满满的在人间不得安耽，风起的时候他又想飞了，像小虾。

中国史上有两件大事，一件是黄河流域文明与淮夷文明的结合，此是到商朝才完成。又一件是黄河流域文明与楚民族文明的结合，此是到了汉朝才完成。汉赋是《诗经》与《楚辞》的结合。然而诗则惟阮籍的《咏怀诗》中有用《楚辞》的典故。

虽然如此，六朝的小赋是从宋玉的赋化出来。于诗，阮籍的是士的文学，尚有民的文学如有名的《子夜歌》，则显然是《楚辞》的情调，但是也诗经化了。文学的同化真的像风，有这样自然。而至李白，汉民族的文学与楚人的才总体地生在一起了。余人如王维、孟浩然、高适、杜甫都没像他这样。王维、孟浩然、高适、杜甫他们的还是诗经得多。

思想上，李白的是黄老。黄帝是汉民族的精神，但尚未名为思想，到了老子的才是思想。老子与庄子都是生在汉域楚地的边境，受两种文明的激荡，所以出来这样泼剌新鲜，与生在山东的孔子孟子很有不同。晋人的是老庄思想，少了黄帝的气魄。李白的才是黄帝打先头，所以李白的诗比左思、鲍照、高适他们的都更强大，后人连苏东坡亦在这一点上及不得他。苏东坡最佩服李白，他在诗中有云："帝遣银河一派垂，古来惟有谪仙词。"

自李白以来千有余年，却有一位朱天心写的《击壤歌》。

——摘自《中国文学史话》

简体首版序

朱天心

简单说，这是一本反映上个世纪七〇年代台湾某个精神 / 社会风貌的书。

写作的是一个十七岁的女孩，以自传体、因此无一字虚构的心情下笔。

这书在出版的头五年在台湾销售三十万册，至今仍年年再版，使得她可以在大学毕业后，不须太犹豫地得以支撑过专业写作的生活到现在。

何以要用如此疏离陌生的语气，描述这本我等着进台大历史系的那年暑假写的《击壤歌》（某些版本上有副标《北一女三年记》）？因为其纯真、热情、理想、梦想（常时，这是同一回事），距我、距今，太远太远，就算为了校订工作，我都不愿再打开它，害怕被窜出的烈焰灼烧。

不谈烈焰内容，谈写作背景和身份和动机，或是必要的，不然无从理解其眼中世界所呈的样貌，比方说，对中国大陆的憧憬、情感和不了解。

好，开始。

我是典型的外省人第二代，在台湾意即一九四九父亲随国民党来台，在台湾娶本地女子的第二代小孩，我十五岁之前出生、成长在眷村（国民党中下级军人的独立封闭社区），大陆是我们最大的乡愁（不知下落的爷爷奶奶还在人世否？），从小受的党国教育和冷战时期国共对峙的局面，更强化了我们得与之誓不两立，但另一端的熟悉浸淫热爱中国的文化历史（文化中国），总总构成我们被拉扯扭折的处境。

敏锐的读者或会立即发觉，七〇年代（更精确地说，书中所描述的高中三年是七三至七六）的台湾小孩，他的世界图像是残缺的，只有欧美，没有第三世界、中国大陆、苏联，可能与当时中国大陆孩子的世界图像相反，却又吊诡地与当下的中国大陆合拍——我们一代人再再被告知教育提醒中国近现代国族所受的屈辱，以致眼里不论出于艳羡学习或仇恨怨憎，都只有强国强权的存在。

镜头推近些，当时的台湾，蒋介石已老已死（七五年，我们制服上系黑纱一整个月），蒋经国上台，对外与日本“断交”，在内有台湾本土力量借民主化运动争讨原该有关法规所保障的权利……在蒋经国治下，台湾经济起飞，最可贵的是贫富差距稳定、教育普及（受教至中学是义务）。

当时十六七岁的我，尽管学校就在“总统府”前，并不感受到时代的风起云涌，我念的是全台湾升学率最高（我始终不愿说是最好）的北一女中，认识了一堆至今仍联系来往的好朋友，我们想办法逃学四处游荡，遂行自己的小小叛逆（逃学为了读更多书，教科书之外的文史哲，看电影，坐火车出城看世界有多大）……是这样“大观园”的日子，让我直到毕业得离开仍恋恋不舍，想用笔，记下当时的风日，当时的亲爱友人，当时的每一丝情牵，见证曾有那么一群人是这样活过的。

心并不大（从未妄想记录下一个时代的风貌庶民史什么的），但那不肯放过眼下身畔一点点人和事的执拗劲儿，如今看来出土化石似的，倒也极其真实地反映了一代之人年轻的心志活动。

此书前两章是依日记和良好（当时）的记忆力所写，后两章，明眼人定能看出“偷渡”了不少东西，书中不明书，只以“爷爷”代称，实则是胡兰成老师。

我刚上高三那年，随父亲和姊姊天文上阳明山文化大学探访当时在那儿寓居教学的胡兰成老师。之前尽管我们都看过他的《今生今世》，但我猜同行之人都暗存这样的心思：见不到张爱玲，见见胡兰成也好。

胡老师那时快七十了，走路比谁都快，送我们至巴士站时，一马当先前头走着，中式袍袖摆着，衬着满天云霞，一直是我记忆中每想起他时的画面。

但他的书被国民党查禁了，原因当然是遭人举报是汪精卫伪政府的汉奸，我那时开始读他其他著作，为他不平极了，便在书中大量偷渡他的被禁绝的作品片段，用我的方式让它得见天日。

我正要准备联考并紧锣密鼓时，父亲将胡爷爷接到隔邻待租售的邻居空屋落脚，胡爷爷每周末晚开讲易经和禅学，整日文坛各路人马络绎不绝来拜访听讲，但几无一人当时或后来愿公开承认，怯畏如参加的是乱党邪教似的。我一一看在眼里，不解、愤怒。

胡爷爷喜读历史，说李世民十八岁打天下，把我给急坏了，怎么同样十八岁的我还得回头与数学纠缠搏斗呢？

乃至暑假里的写此书，常誊写一段落，胡爷爷就要了去看，我都没如此认真读他同时在写的《禅是一枝花》呢。那时来访簇拥的众女子（好多是现今仍大有名声的作家），皆喊胡先生或老师，我第一天就叫胡爷爷，是异于他一生所有际遇过的女子吗？他真的就爷爷起来对我，叨我不许再戴隐形眼镜，叨我别再成日抱狗抱猫，叨我三餐要正当别只吃巧克力像苏曼殊……他把着手教读礼记诗经史记，教下围棋，买帖子要我练字（替我挑的是《西峡颂》），他见我玩疯了中断写稿，就上街买上好的日本圆珠笔予我，和我小孩气地勾小手指相约看谁先写完。

父亲因接待胡先生之故，得罪几乎所有老友好友并绝交，此中代表是我们从小喊叔叔的诗人及联合报副刊主编痖弦叔叔，他说：“我们都是抗日战争过来的，怎么与汉奸搅一块儿？”

只靠写稿养活一家子和学生们的父亲，有一两年稿子也暗暗被报纸杂志抵制不得发表，当时我毕竟也都看在眼里，总以自己人小力怯又心浮爱玩，想，假以时日吧，我会像电影《教父》里那家族护宠不知忧烦的幼子麦可，终有一日，会拿了枪干掉那些……（唉，名单愈来越长。）

书出版时，我进大学，同时出版的是之前三年在课堂上写、报刊发表过的一些短篇小说《方舟上的日子》，所以，至今我仍不知该算哪一本才是我的第一本书。

《击壤歌》出版第一年便再版十余次，我猜有不少是误读的，把它当作如何考上台大的教战手册，更不少人以此励志要考上北一女，考上了的看，没考上的也看，女校看，男校更看。多年后，我在一些公开场合，仍会遇到一些年轻孩子拿着一看就是三十年前旧书的《击壤歌》，要我替他们的父母签名。

我从不敢问，那你们看吗？我毫无把握这些比我世故虚无、比我们资讯充沛、比我们消费娱乐多样的下一代下下代，他们怎么看待《击壤歌》中那单纯坚定的心志和对世界纯真浪漫美好的想望？无论是台湾或中国大陆的读者，尤其对此中漫溢的激情一定好叫人不安吧，但，有机会能面对聆听彼此真实的误解，才是和解的开始吧。

持平地想，两岸在面对近现代的国族屈辱挫败和强国强权的现代化压力下，尝试走了两条不同的路，其中有斩获，有挫败，有光荣，有不堪，有困惑，有猜惧……跌跌撞撞彷徨向前，终归有朝一日走到比较愿意了解彼此的局面和时刻，若此书可以提供想知道我们台湾那些年的一个切入口，是我认为三十年后在中国大陆重新出版的最大意义了。

二〇〇九年十二月一十六日，于台北

闲梦远　南国正芳春

我和卡洛刚看完东南亚的《畸恋》，出得电影院，竟是阳光郁郁，地上半湿半干的已经下过一场雨了。

一个不留神，坐上了右转的〇南，卡洛是要回后车站的家，我则要去武昌街的金金替妹妹挑生日礼物，我们赶忙拉铃在台大下车，两人气急败坏地跺着脚，却又直忍不住地要笑。

我们并着肩默默地走着。红砖路刚被雨水冲刷成干干净净的红色，高大的相思树和尤加利，把整条路给遮得凉凉绿绿的，是一种很好喝的空气。

卡洛不说话，我不知道她在想什么，不知道是不是跟我想的一样，电影不好，而且是很不好，外国毕竟还是有跟本土片一样糟糕的片子的，可是那一幕幕的阳光、蓝海……真叫人想丢开一切，过个他们十七岁女孩子过的生活，读自己喜欢读的书，做自己喜欢做的事，吃饭，睡觉，恋爱，生活……

我看了卡洛一眼，她正偏着头，隔着栏杆望园里的一切。

我忽然有股无名的悲哀，卡洛的功课很好，在班上总是那几个逐鹿中原的一个。我跟她还是在这高二下学期才熟起来的，我们一碰头总不外谈政治国事、两人的抱负理想，她要读政治，我则是新闻，我们曾经狠狠地发过誓。此刻我却觉得她离我好远，她是园子里的那一群，是坐在草坪上看书的女孩，是走在椰林道上裙裾飘飘的大学生。

然而功课对于我似乎一点意义都没有了。今天早上走过班上的布告栏，我虽然没缴这次月考的总分单，但还是瞄了一眼排名表，最后一名还多上我两分。我继续地走着，到厕所洗了个手，再回来，坐到位子上依然看我的《瓦德西拳乱笔记》。

已经不是第一次了，上次月考也是在末末，我不晓得自己为什么要这样做，就是不碰书，就是不甘心老老实实地拿起书来，然后到了考试那一天再翻，紧张的，不要命的，连抬着便当箱也要边走边翻从来没打开过的狄克森，我最讨厌这种人的！

我也会难过，例如考数学时，我总觉得格外的孤独，像是失业了，看着同学埋头地写，我竟没法下笔，因为不知道什么是赛因扣赛因。

晚上妹妹过生日，我们各自拿出了礼物，看到她好久没现过的笑脸，大家都好高兴，和和气气了一晚上。

妹妹正在最紧张的初三时候，却是见了书就打盹，也不是个读书料。我每次看完电视上楼，总见她穿着制服在床上睡成了个大字形，开着大亮的灯，和一室的平安夜。她功课本不太好，升了三年级更加退步了，后来从她导师那儿才知道她认识了个同学校的男孩子。一次晚上爸爸跟她聊得很晚，她支着额头哭得肩膀抖抖的，我立在门口都愣住了。我记得上一次她哭的时候是小学时，我们两个骑着新单车上街，碰到两个野男孩瘪车，我们是一向很有家教的，到底被他们的无理取闹给弄火了，打了一架，我的脚踝淌着血一拐一拐地走，妹妹推着龙头给撞得七歪八扭的新车，眼泪爬了一脸。这会儿我都不认识她了，整整一年，她忙，我忙，爸爸忙，妈妈忙，姊姊也忙，我从来不知道她有这么多的心事，这么大的委屈。

我觉得爸爸劝得很有理，整桩事情也很可以理解，但是她为什么这样固执不通？我不禁想起爸爸以前说过的，感情是非理性的，可是，总该可以用得上些须个理智的，总该可以的呀！我这般对妹妹说。她抬起头，一眼的愁怨，你不懂的！我不禁打个颤，想，不管这件事她处理得如何，我相信她已经长大了，大了好多，不仅只是个子高上我十公分，大大的眼睛，柔柔的微笑，是个大姑娘了。

好不容易才捱到高三课间操的时间，我拉了橘儿，千里迢迢地横渡沙漠去明德楼找小静。

橘儿、小静、邓和我，不知为什么高一才没开学多久就紧紧密密地黏成一团，连大热天的午睡时，四人也要亲亲热热地挤做一堆。邓爱文学，我和她满有得聊。跟橘儿则是天南地北。小静又不然，和她几乎说不上几句，但我们总是好好。每天下午第一堂课时就已经开始传纸条讨论放学后的节目。总是我和橘儿先发难，公园号、杂冰、蜜豆冰、老大昌、城中市场……我和橘儿自然是没问题，小静是随便，邓则一定是不去，然后三人一起劝邓，劝三堂课，小纸条换了又换涂得黑鸦鸦的。最后是浴着夕阳，四人一齐跑在“总统府”前十线道的大马路上，赶金陵第一炉的热起司。

高二时，小静转成了自然组。知道她分组测验通过时，我只觉得怅然，直担心她会慢慢地跟我们生疏，因为小静人总是闲闲的，跟每一个人都很容易处得好，她在路上碰到一个几年没见的老朋友，就像跟一个第二次见面的人一样，笑笑的，可是又宁人，叫人无从怪罪起她。可是现在我却要怪起自己的多事了，因为我一向相信缘，尤其是朋友的事，更当顺其自然的，然而我竟这样无端地担忧起来了。

其实我跟小静算不上是很能谈心的朋友，两人一起时，我少说话她更少，但是默契之好，走过公园，猛地我说：“你看那——”“凤凰树。”然后两人继续默默地走，心中满满的。

一到明德楼，气氛都不一样了。整条走廊没什么人，教室里却都是人，拿着书的，伏在桌上的。我和橘儿又开始不好意思了，每次来找小静，总得打扰好些个人从窗边传话过去。然后再看她蹑手蹑脚地出来。社会组的高二还是高一，自然组的高二却已经像是高三了，一股战云密布的味儿。

我们并排坐在走廊边的小石墙上，多半是橘儿一个人讲，暴风半径颇大地比画着，好笑处，一阵惊天动地，三人又赶忙红着脸互相嘘着示意安静，别过头去顾左右而言他，避开窗内一双双朝这儿看的眼睛。

上课的号角响了，我们依然不动。

“放学门口见？”

“嗯。圆环那儿。”

先等小静进教室，然后我和橘儿再慢慢地晃。操场上又卷起了小小的鬼风，沙子弄得人要流眼泪。近午的阳光把我们的影子缩得短短团团的。

一回到教室就想睡。光复楼不管是大晴天或黄梅天，总是那样阴阴凉凉的，像个神仙洞府，世上千年在这儿只是一日。这里的味道常使我想到白先勇的世界，不过光复楼又要明亮干净得多多。

其实光复楼的情调最好。一边窗户外是株老被阳光扬得金黄狂舞的枫香，另一面则呈高阔的蓝天，天下是高高低低的建筑物，真真是一种城市的味道。

打了三个呵欠，台上的先生是愈来愈模糊了。风凉凉地撩着人，台湾真是四季如常，五月天也会起秋风。如此又睡了一堂课。

一早无端地从迷蒙中醒来，到门廊口看天色，却见一天满满是跑动着的云，是种世界末日的味道，却又让我觉得胸襟好大，好像世间只有我一人了解天意。真是当今之世，舍我其谁！叫人不禁又着生起一番大志，看看日历，正是六月六日断肠时。

光复楼这两天尽是一片《归来吧！苏澜多》的歌声琴声。期末音乐考试，总也是一桩不大不小的事，比主科考试轻松，却又不能潇洒地扔开，很烦神的。

琴室就在我们教室隔壁，音响效果之好自然是不用说的，只是常常课上到一半，先生还得张口结舌地等歌手把那句如怨如诉的“归来吧！归来！”的高音唱完，才继续地说，浔阳江头夜送客，枫叶荻花秋瑟瑟……南欧的阳光，似乎也溅了几许到光复楼中了。

黄玫看史坦贝克的《大地的象征》，我则在看台北市，这两天的台北市显得很有深度、文化的样子，因为云层厚厚滚滚的，天下又光亮干净，景致尤其利落清楚——我和黄玫真是两个业余学生！

黄玫有那种少见的坦白、正直、热情，而且很聪明，当初我却没能见到。我一向疾恶如仇，而且爱憎极强，她更是，偏偏两人中间一直有层误解，以致高一一年、高二半年下来，她在后头恨我，我在前头跟橘儿传纸条说，觉得黄玫老在后头虎视眈眈，好不可怕！

高二下开学，两人却鬼使神差地坐在一起，一句“我觉得——”“我觉得——”，从此两人成了凡有奇文皆共赏的好朋友。她爱赫塞的，尤其是《彷徨少年时》，我嫌太浓太紧密，但两人都一起看罗丽泰，最后一场电影，D.H. 劳伦斯的查泰莱，偶尔很有默契地抬起头来看一眼台上，捧数学先生的场，然后相视笑笑，她说，我好喜欢那首歌：“By the Time I Get to Phoenix.”

我一直好怀念高二下半年的数学课。

正在看这期的《读者文摘》，听见国文先生说，小说家者流……不禁赶忙将书放进抽屉里，凝神敛容地听他。我很喜欢听先生们讲些书本外的东西，尤其是对国文，我总希望自己能够像只章鱼一样张牙舞爪地抓取，不放过一点一滴，可是两年来，失望了。国文先生是个很尽忠职守的人，他的教育宗旨似乎是以传道——课本的道为主，其他则是小道不足观。他还是会讲课外，但总不出韩欧程朱的世界。国文先生民元出生，是那种“非三代两汉之书不敢观，非圣人之志不敢存”的典型。这本来是很好的，是种读书人的志气，但若太执著，就会变得板，正是好的，板则糟了。先生偶尔也会想到该染些五四文人的开放文风，他叫我们读《官场现形记》、《二十年来目睹之怪现状》，对于现代中国文学，他只说，琼瑶的文字美，其他则是，小说家者流了。

记得去年教到夏济安先生的《旧文化与新小说》，我觉得这篇文章很好，可以讲很多我们不清楚而一直想知道的东西，尤其是其中夏济安先生对五四小说家的批评："热情地要求社会改革的小说家，难免要把他们的作品化为宣传：铲除旧的，迎接新的……抛开旧社会的善恶不谈，它究竟对于形成中国人的性格、想象、生活态度，以及生活方式，起些什么样的作用？这些问题，热情的小说家是忽略不顾的。更大的危险是：他们煽动起对于未来的十全十美的新社会的向往……"

没想到国文先生一拿起这篇文章，就先狠狠地砍上几刀，夏济安先生说："从反对旧社会的立场而写的小说，五四运动以来，已经出产了不知多少部。这些书曾经产生过很大的影响，但它们的文学价值恐怕不如它们的历史价值。它们主要的缺点，是它们不够真实。"国文先生却说："既是历史小说，怎又可能不够真实呢？"一句话把我惊得目瞪口呆，一会儿还是忍不住站起来驳了几句，却是口才一向不好，一激动更是语无伦次，这个那个的虚字一大堆，面红耳赤地坐下之后，看先生还是一副似懂非懂的模样，好在乔又举手继续起来讲，乔的表达能力好，一下就把事情条理得清清楚楚，看着她和先生努力解释，不禁安心，却又生起一丝难过。就是到现在，绝大部分的人们还是视小说为纯玩玩的，更甚是种“玩物丧志”的东西。可是我总笃信爷爷的话“诗歌文章是民族的花苞在节气中开拆的声音”，一个大时代的兴起，必是在文事一片蓬勃之时，所以当有一回我听到一个别人公认很有才华抱负的男孩说，文章这些都是小道不足为，唯有治国平天下，当下我就瞧不起他，瞧不起他的目光短浅！

我又一直以为我们这一辈绝大部分接触现代文学的机会远比接触古典东西的机会多，所以自然国文先生在合上国文课本后，有很大一份责任指点我们该看些什么，一个看了三年琼瑶小说和一个看了三年张爱玲小说的学生，其间会有怎样大的一个差别？所以两年国文课我一直好失望先生除了琼瑶小说外，其他现代文学一概不提，伤心极！

想到於梨华又不禁难过，她和刘大任曾经是我很喜欢的两个作家。尤其是刘大任的《大落袋》比林怀民同样写青年人的《蝉》要广大深厚得多多。他的《落日照大旗》写那种遗老的味道则又比白先勇要冷静得多，人说白先勇是以一种很冷很静的眼光俯视这世界，我却以为他一直过分沉醉在自己那种浪漫悲剧感的气氛里，尤其以《思旧赋》最是糟糕。

於梨华的作品除了《雪地上的星星》十分糟糕外，其他都很有一种情调。我喜欢她书中每一个人那种成长的挣扎和世事变迁后能安于沧桑的勇气。我总不忘记高一下刚看完她那本描述在台大外文系四年生活的《焰》时那种心境，那时正是班上篮球队在为班际比赛加紧练习时，每次在台大练完球后，我爱一人在椰林大道上晃，晃累了就躺在椰树下唱“Yesterday When I Was Young”。看着一天的红霞映着黑黑摇动着的椰影，风凉凉地吹着，有男孩女孩轻笑的话语，有鸟儿振翅的声音，我想到曾在这校园里走过的莫迪、修慧、小汤，想到我只要青春！只要青春！我不要焰后的烛泪一片。等泪水把草地灌湿后才回家。我常想我只要那般地躺着，不要学校不要朋友不要爸妈，我只要扣紧草地，让地球停止转动，我只要这样躺一辈子。

高一的时候我只打算活到三十岁，因为正值青春活蹦的时候，然而我又对它却步，怕的是热闹过后的冷清，就像孩子时候一直怕看新年过后的一地鞭炮纸花。我曾在除夕夜偷偷地把电钟插头拔下来过，九岁的我自有一番想法，我是宁可不过巴望老久的新年，也不要年初二初三初四，听起来愈稀疏的炮竹声。高一时国文先生出一个“无题”，还记得我写的中间有几句话：“……年轻人轰轰烈烈的抱负，是一场洛阳三月花如锦的繁盛。然而，花儿终究是要谢得满山满谷的，成就的人们是些晚熟的花儿，虽是万绿丛中一点红地矗立枝头，但终不免有些许孤单冷清，和惘然，而且还是要落。”结论是，既是富贵荣华原一梦，我是连过程都不想要了。

现在我则打算活到四十岁，不定长些。除了想到要陪爸妈老去，万一不小心结了婚的话，那必是有一份牵绊的，而且我还要等回我们的山东老家，除了看看黄淮平原外，再要走在无限的日月山川里听不尽的渔樵闲话。就是到了现在，我也从不认为高一时的那种想法是否是幼稚，或悲观。爷爷曾经说过日本有一个很轰动的事情，一个十八岁的女孩自杀，为的是面对这样一个大好的青春世界，她不知该如何来过，我想我是很了解她那种不是厌世而自杀的心境的，她的死亦是在一片灿烂无尽的阳光中！

进度快要结束了。各科先生也开始忙着赶着期考前给我们小考。

看看今天的课表，英数化护，倒是有三堂课都要考试。第二节下课，和橘儿不管三七二十一地把邓从座位上拉起来，去明德楼找小静。

小静乖乖地出来，笑笑，四人也不说话，沿着操场慢慢地晃。我知道邓很在乎化学小考，我也知道小静今天可能还有好几场硬仗，可是我更高兴我们四个不论什么时候，不论什么地方都能登高一呼，四方响应。

太阳无端地给云遮起来了，风凉凉的，把我胸口又灌得满满的，我说，“我们来发个誓……”“小虾又在发疯了！”邓是O型，难怪她在最浪漫的时候依然能冷静地知悉我。我笑看她一眼，继续我的语无伦次。橘儿只是低着头笑，她有一张少见的甜美的脸，此刻我知道只有她最了解我。我跟她发过千百个誓，打过万千个勾勾，在每一个地方，每一个时候，黄昏绛红色的红砖路上，正午热热挤挤的衡阳路上，大风中的淡海沙滩，罗斯福路的木棉花下，砰砰贝斯鼓声的“我家”冰果店里，虽然我从记不清我们的誓言。

我很爱发誓，就如同我的从小爱立志。五岁的时候，我坐在妈妈的膝前仰头跟她郑重地说，我长大了要当个农夫，为的是农夫们老在黄昏里悠哉地乘着牛车，蹄踏蹄踏嚣张地过马路。可是妈妈说我太懒，要睡到日头晒屁股的女孩是不可以当农夫的。后来我要当旅客，也就是车掌小姐的意思，她们总是穿戴整齐地站在车门口收票撕票，好好玩的。

八岁的时候，我觉得我该去当炮兵，一个勇敢的军人，因为附近的孩子没有一个人敢跟我一样玩不拉长须须的大龙炮。小学快毕业时，则是受了许金木的影响，我要到威廉波特去！大些时，就改了，当个新闻记者要好些，像盛竹如、杨楚光，我可以爱跟杨清珑说话我就跟他说，除了像傅小波报摔跤外，我还可以报溜冰对抗赛，像傅达仁油嘴滑舌一般地诌，一丈青扈三娘。

新闻记者的志向维持得较久，差不多一直到高中，虽然中途曾想过要当上帝，为的是“我要每一个人都永远活在他最喜爱的时光里”，初二时我哭着在日记上这般写下。那时养了十年的老狗阿狼刚死，死在一个凉凉风里的秋天，然而我总不忘记的是一个黄昏，他衬着红霞趴在山上凸起的一块大石头上，鬣毛被晚风轻轻地扬起，他像个王，整个世界都臣服在他的脚下。

初三时看了一场《深宫怨》，我总不忘记史帝华葛兰杰那双湛蓝漂亮的眼睛。我幻想我是正当豆蔻年华叫他惊艳的小贝斯，而我立志我将是个伊莉沙白一世，我将和她一样叱咤风云半个世纪，然后一身黑衣站在大风的山岗上，挺挺的，看着臣民们向我欢呼，然而在我脑海的深处，则是我那亲亲爱爱的年轻恋人。

看过《麦克阿瑟将军传》后，我又决定我得当个将军，在下一场战事中。我不定是要成功的，然而我定是孤独和悲剧的，我将写下美丽忧愁的诗篇，世人也将不了解我，但是我是依然要向这个世界说，老兵不死！

现在，我又拿不定主意了。虽然跟卡洛两人发过誓将来要读新闻，可是我刚学会吉他，我想当《劫后英雄传》里云游四方的吟游诗人艾凡荷，我将永远荡在日落的那一边，不过我常想到数学，想到"反攻大陆"，想到"反攻大陆"时我也要上战场，而且这世界似乎已没有苔绿了。

骑马是件累人的事，立志也是件累人的事，不过我还是不担心，风起的时候，我自又会有番大志的。

做了一个噩梦。爸爸妈妈是吸血鬼，全世界都是。妈妈要吸我的血，爸爸较理智，不许，虽然他也很馋，但是最后妈妈干死了，爸爸也不知怎的没有了，只剩下我，和一片晴朗的天空。我不会圆梦，不懂得它的含义，怕是我也要变成《狂人日记》里的狂人了，这是一个吃人的世界！

最后一次上语言课，最后一次听“American Short Stories”了，会很怀念那女孩黏黏的甜嗓子，男孩冒失唐突的声音，温馨得让人睡去的音乐，和我们的“罗”先生。语言教室的英文先生长得十分漂亮，老是敞着领口的时髦衬衫，撇着嘴角的笑，和一双老带着嘲谑笑意的眼睛，我们私下叫他保罗纽曼。一回放学回家和橘儿在路上荡，迎面正好碰上他，我匆匆地向他道了声：“罗老师再见！”当下橘儿和老师都愣住了，一会儿我才想起先生姓夏，不姓保罗的罗。我和橘儿足足笑了一条街。

坐在 47 路公车上，看台北灰灰的雨天，好不可怕，一时又想到那本《十五岁的遗书》。灰色的雨天常会让我想到自杀之类的事，有时烦心事实在太多时就会想想死的方式，我可是绝不找那种要窒息的方法。吃安眠药可能要舒服些，但一次买那么多药似乎又还得有什么医生处方之类的，太麻烦！就算了。

我是顶爱大太阳天和起风的日子的。大太阳天是像去年夏天，每天下午我都跨上单车骑过熙熙攘攘的罗斯福路去金门卫找橘儿。也不知为什么，一吃过中饭后就有那种执意，抓顶草帽拎着单车就走，蹬快着车，太阳在后头追逐，大车也叭叭地在后头追赶，汗水刺得人眼睛好痛，整个世界变成了酒精灯上的晶亮试管，我是个小分子在管子里蠕动着，险险的，太阳再热上万分之一度我就会蒸发不见，一向如此，将来也如此，庸庸碌碌？……反正我还年轻，管不得这许多的事！

我总记得那年夏天我在正午燠热的罗斯福路上打过一个冷颤。

国文堂上周考，今天要默白居易的《琵琶行》，也是高中以来我继《桃花源记》后第二次背课文。我的国文分数总也很糟，尤其高一时最是爱叛逆，先生规定作文定要写足两张，我却以为文章当不是这样的，就故意缴了一篇写得很精短，只有一页半的作文，先生批了个零分。后来又写过一篇只有两行的，记得题目是“我为什么选择了社会组”，结果得五十分。后来想想似乎是我的不对，而且每次大考小考我都不默书，国文成绩真是岌岌可危，我想到中国人的国文要补考是件可笑的事，就安分地写起八股文章来，可是课我就不愿意老老实实地去听了，默书也是，我以为是，浪费青春！

高二我离国文愈来愈远，可是现在又觉得后悔了，国文课本里还是有诸多可读的，东坡子长和诗选不说，袁子才《祭妹文》里的很些个地方也让人觉到他是个有才情的人，虽然也有陆稼书的文章！课本上的作者介绍说他是“……不苟言笑……平生不屑为诗词古文”，真是要命，那么不是中国人！

国文先生走过我的桌边，大概是看我这回没发愣而且居然在默书，摸了摸我的头：“这样才是好孩子。”我抬起头，看先生正笑得合不拢嘴，满意地点着头。我忽然想到逊清宫中老捋着白胡子，对宣统满意地笑着说“王虽小而元子哉！”的陈宝琛。我笑了笑低下头。好难过，其实我是敬他的，但是这两年来我却这般叛逆地冲犯他。先生毕竟是有他自己一套的，我，只不过是初生之犊。我是敬他的，在这一刹那间，他教会了我好多事，好多可能我这一生都学不好的东西。我是敬他的，不管将来我多老，变得多如何时。

是合唱团最后一次练唱了。猫咪说：“奎然兄近来又增添了不少。”的确，先生今天穿了件奶黄套头衫，咖啡色长裤，真真是块可口的红叶巧克力鲜奶油蛋糕。

今天人依然到不齐，还是慵懒的气氛。我和大苏两人依然共看一份谱，虽然我们常都带了谱，猫咪则又是从仪队跷来这里唱二部。我环视着四周，真是一切如常，其实这样是好的，将来在我的记忆中，合唱团的歌声将好像是没有停止过一样。

大家都很有默契地唱得特别晚，把这一年来的歌都统统再唱一次。我们这合唱团真是有史以来最可怜的一届，由于从今年起每年春季的音乐比赛改成以班级为单位参加，所以我们的地位忽然一落千丈了，在学校跟仪队乐队一比，更像是个名不正言不顺的私生子，好在唱歌本来是兴趣的事，合唱团就靠几个热忱的同学在惨淡经营着。

依然是我和猫咪、乔一起走，不过少了个大苏，她大约是赶车去了。我们默默地走着，“总统府”前的大道上是一片刺眼的车灯，交通警察依然在比画着我们看了两年仍然没看懂的手势。

我常常会想起去年冬天，那个又湿又长又冷的冬天。每次星期二练完唱，我们总是硬拉大苏跟我们走，大步大步地走着，四个人唱三部，从“Jane”开始，这首本是白雪溜冰团最有情调的一支舞曲，我们却把它唱成进行曲一般。声音冷得直打颤，我们却重重地仰脸呵着气，热气在灯下成了一片雾气，我们在向这个冷冷的夜晚挑战。台北冬天的雨真是又绵又冷，我们总忘记带伞，或许是伞收好了在书包，懒得拿出来。总之等到越过“总统府”广场到重庆南路上后，大都已经全湿了，可是我们唱得更起劲，唱“Battle Hymn of the Republic”，歌声响遍整条街，路上行人都回过头来向我们笑，我们真是一群力挽狂澜的救世军。

我一直不忘记十二月里夜晚的重庆南路，每一家书店都温暖光灿得令人好舒服，有圣诞铃声，也有圣诞老人，还有我圣诞袜子的孩子梦。

到了高二和小苏坐在一起后，才想到姓苏的人是不是都那么爱笑。大苏是因为练合唱才认识的，我们两个同是唱第三部，尤其喜欢玩看谱唱歌的游戏，却是艺高人胆大，音常常会出轨，然后两人大笑，笑掉一整首歌。小苏也爱笑，她是个纤细个子静静的女孩，一笑起来却是猛跺脚，直直亮亮的头发披到颊上，很炫人！和她做了一年邻居，话却没讲过几回，但或许笑本来就是我们的语言，我们默契之好的，常常众人中一件小事，一个小动作，只有我们两个会同时笑得喘不过气来。

今天小苏教了我一个小玩头，让我度过了无聊的数国公英。她教我如何找丈夫，把对方和自己的名字笔画加起来除以四，余一的是无缘，余二的是朋友，余三的是情人，整除则是夫妻，我拿出通讯录来找丈夫，一个上午找得了九个情人，其余皆是无缘或朋友。我不禁担心起来了，我想过婚姻的事，那该是年老时候的事，少年的我，虽自有一番打算，不过终究我是要结婚的呀！

家里只有三个女孩子，我常会问爸爸觉不觉得遗憾，爸爸说还是会，不过就因为人是万物之灵，所以人必能超越血统之传而传道统，爸爸引爷爷的话，我懂得的，所以我要做很多事。

我爱跟爸爸一起种花除草烧虫子，我爱陪妈妈聊天照顾狗儿们，所以他们常会笑着对我说：“就留你罢。”我说：“好呀。”可是只要风一起的时候，我又想飞出这个世界，而且我和橘儿小静是有过誓言的，一次数学课，窗外的天空正蓝，橘儿传来张小纸条：“我去瑞士，你呢？”我答道，法国吧，不定斯德哥尔摩，我想看看王宫外绿色的马拉湖。然后我们问小静，小静说随便。

记得不久前我告诉黄玫将来我要老死异乡，自己也说不清是为哪般。后来看《功夫》，甘千辛万苦地找着他的亲人们后，却深深地鞠躬道别，继续他的云游四方，我想我就是那般心境，愁予的句子：

仰视秋天的云像春天的树一样向高空生长
朋友们都健康，只是我想流浪……
你该相信我的骑术吧！猎人！
我正缝制家乡式的冬装，便于你的张望

是的，我将在遥遥远远的天那一方陪伴爸妈，不过我常想到“反攻大陆”，所以我必不会荡得无影无踪……

中午全班到音乐教室，由 Miss 萧从头到尾带我们唱《一〇一首名歌》。

Miss 萧是我们高一的导师兼英文老师，她的个性打扮是很特别的，她也有她自己一套独特的教法，她会使程度好的同学更好，程度糟的同学更糟。看到她来，不禁使我想到好老师是有两种的，一种就是很努力地教，一种是很努力地在做个好老师，两人的热忱都差不多，可是前者给学生的感觉往往要好得多。这使我想起爷爷说过的："欲望是有目的的，志气则是无名目的大志。"我认为 Miss 萧是属于后面那种老师，她一直太努力去做一个好老师的形象，以至于忽略掉很多学生真正需要的。

这会儿她在讲台上指挥，司琴的是她现在带的高一同学。不知道是下午还有一堂考试还是怎的，同学唱得很没劲儿，只有 Miss 萧一人在前头卖力地带大家唱，让我想到一些狂热得让人害怕的教会。我靠在教室后头的墙上，很难过，就这样吗？就这样吗？我是不愿就这样跟一〇一歌声的日子告别的，那个歌声里有太多太多的东西，太多太多我最珍贵的东西了。

像猫咪，正在我身旁唱二部的猫咪，我不忍心再看她，那个我曾经好熟知的女孩。我可以想象得到此刻她那玫瑰红的嘴唇是怎样地在开着闭着，她那红褐色的头发是如何鹦鹉一样地翘在脑后。猫咪是怎样一个让我爱过敬过畏过又恨过的朋友啊！

高一开学了一个多月，坐在我旁边的她才对我说第一句话："教我唱《擒凶记》的主题曲好不好？"那是Miss萧上一堂才刚教我们唱的。我很紧张，唱着唱着声音直抖。好久才唱完，抬起头看她，她正冲我一笑，眼珠是褐色的，睫毛又长又翘。

后来我们很快就熟了，可能是我们同样爱唱歌，她是虔诚的基督徒，我也是上帝的孩儿。有次她突然对我说："刚开学时我觉得你很矜持、很假。"我说："真的？"心头一紧，假原是我最恨的东西，可是猫咪又是有史以来第一个句句话都能说中我心的朋友，我就信了，而且惧得一塌糊涂，我是假的、我是虚伪的。以后在她面前我立意要做得真，做得极累，还是要做，我竟忽略了人在刻意做真的过程中就已是一种假了。凡此诸般不是，有时我跟橘儿、小静嬉笑一阵回来，猫咪会说，你真会逢场作戏！大晴天时，看看天空我对猫咪说："I am so happy!"她眼睛盯着我，真的吗？骗人！我恨她的自信，却也对自己一点信心都没有了。没想到这些都种下了我和猫咪后来分开的种子，天知道我一向是多么恨假的！

我和猫咪真正的怪起来时是在高二上的秋天，正好刚看过《往日情怀》的时候，偏偏那首"The Way We Were"又是猫咪以前抄给我词，教我唱的。我常上着课朝她发起痴来，看着她跟坐一起的邓是愈来愈好，想她们两人都是O型，同文同种，这学期又坐在一块儿，真是天时地利人和！

可是我又怨不得什么，我们还是好好的，好得心酸。坐在光复楼的长柜子上唱歌，一首一首地从一〇一到合唱团到我们只会哼的歌，冬阳暖暖地睡在我们盖着蜷起脚的黑裙子上。我想到《往日情怀》中的一景，一艘白帆船斜斜地航行在波光粼粼的大海上，懒懒的阳光有着好现在的充实，却也有中世纪古堡上一抹残阳的沧桑，哈勃饮着酒对杰杰道，Do you remember？……然后两人仰脸大笑，啊，真真是沧桑！

校庆的时候，操场上画起了一道道白线，一场晨雨后，跑道上的黑土衬着白线更是鲜明。猫咪说，看那像不像《往日情怀》里的校园？当下我就愣了，金绿的枫香遮着窗口的一角，的确，好像远处当有个钟楼，常春藤爬满着的，人们在阳光下的嬉闹声。可是整个景致却是框在光复楼的窗户里，一幅镶了框的画，多老的故事，油漆都斑驳了。

我总伤心地看着猫咪，她曾经那么疼过我。高一的时候，我爱叛逆，突然拿起天父来批判，猫咪总是不顾一切急急地跟我传道，我最爱闲闲地看她尽自着急。知道她是个最守规矩的学生，却也故意挑个最严的公民课时拿话撩她，她果然又是纸条又是结巴地说，看嘛，就是这样嘛，对不对？结果两人被公民老师骂了声无耻。

聊聊天，猫咪常突地冒出话："我就是喜欢你现在这个天真样！"我会突地脸红，想，无论如何要想法抓住这一刻的天真，永远现给猫咪看。她一次说："你做我的妹妹好不好？"每每气氛一正经我就要不对，我写纸条问道："Wet or dry？”但是往后她仍然说：“你是个小孩儿，我最会照顾孩子的。”猫咪是老大，她有四个妹妹，但她从不讲家里的事。

猫咪的体育样样行，篮球班队里她是打前锋，我则是候补，成天跟着她瞎混。练球的小周末，她常到我们家吃午饭，跟爸爸谈谈宗教的问题。然后我骑车载她去台大。车过熙熙攘攘的罗斯福路，我们大声地喊歌，也不管身上是绿制服和白热裤。行人都回身向我们笑，连那路边的老榕树也投来羡慕的眼光，道，我也年轻过的！然后我和猫咪唱“Yesterday Once More”，用雷康尼夫的唱法，节拍快些，是种很愉悦的回忆。

猫咪的功课也很好，跟卡洛一样在班上总是争前几名。我的功课则是颠三倒四，险险地升得高二后，看她和邓两人一起用功，我也想来读读，免得向隅。一回月考前跟猫咪一起留在学校看书，她们在讨论数学，谈吐真是不凡，我自卑地躲到角落里看英文，英文是我顶爱的。猫咪一直在跟她们讲解，她真真是个大人呀！我却离她愈来愈远了。

好不容易捱到“总统府”降旗大家才走。我陪猫咪理书包，看她真是伟大。走到走廊上她忽然吹起了口哨，吹的是“A Summer Place”，我也跟着她吹，有回音，走廊空空的，有些烂烂的阳光掉进来，这真是一个连地球都很冷清的时候。

走过“总统府”前风大大的，我们还是吹着口哨。一会儿她问我，准备好了没？我转头看她，她一双褐色的眼睛满是笑意，我想这次月考她也许能冲进前三名呢，我笑了，点点头，猫咪又高兴地笑了，我也好高兴。风满满地灌着我的胸口。

往后只要一看到猫咪，我就会想用功，想再回到教室，趴在天父的脚前。可是我太懒了，我每天只爱和橘儿横渡大漠去找小静，爱在红砖路上荡，看风看云看星星月亮和路灯。我想到我跟猫咪在一起是不快乐的，再下去我会淹死在伤心里。决定了我就退，退，退过一个寒假，猫咪也不理我了。可是一看到她在排球场上练球我又难过，她那在阳光下橘红的头发老是翘翘地挂在脑后，邓在场边笑得好开心："你们看死小孩！"这话原该是我说的呀！

有回小苏病假，我代她和猫咪做值日生，两人守着教室，她们是上体育课去了。我觉得糗糗的，就跑到隔壁的琴室去乱奏，一会儿坐不住就回教室，一鼓气问猫咪："要不要听我弹《教父》，自己找的和弦。"我狠狠地咧嘴笑了笑，笑后又直后悔，这笑岂不太假？

猫咪站在我身后，我两手满是冷汗，尽腻在键盘上，碍事得很。弹着弹着我想到孤单走在南欧阳光下的麦可。猫咪啊，猫咪，我该哭的。可是合上琴盖，我们竟不说话地走回教室。

猫咪，事情真真是一场梦！我累了，想睡。

这两天又起风了，干干爽爽的，天空又蓝又高，真不实在。是秋天，是秋天。虽然七月都还没来，但是心怦怦地在告诉我，是秋天。

我又想去那个地方了，那是一辈子都没有人会了解的，包括橘儿。虽然橘儿知道，风一起的时候，我总是会变得口齿不清。

这两天大家都忙，橘儿在忙着提数学，邓和猫咪更是，下星期三就要期考，连小静我都不敢去找了。

我一看到人家在弄功课就会觉得自卑。虽然高一的时候，我常爱以平时不读书，考前几小时翻书来证明自己的小聪明。高二，我总故意没睡意地躺在床上，看书包一人兀自在桌灯下冷清，想，凭什么要将我最珍贵的三年来反复只读这几本书，真是谋杀青春！但是每次考试的时候我又空虚得想哭。后来想想，大概无论什么样的人都该先做好他该做的事，我是学生，该先读读书的，本分？或许吧。

今天是星期六，高二的最后一个周末了。橘儿她们都要留在学校读，我跟橘儿说回家自己念，她说，真的，一定要读哟。我跟她道再见，忽然又觉舍不得。每次都是这样，放学的时候，看见橘儿的头发在风中扬起，我总激动得直说傻话，发些誓，让她笑，一面笑一面打我："好恶心唉。"但是我知道她懂我。

是秋天啊，旅人想回家的日子。我下了〇东，踏上我熟悉的红砖道。走几步，停一下，聆听自己的老皮鞋敲在红砖路上的声音。没错没错，我笑得收不住脸，风的日子，艳阳的日子，又是让人心惊的秋天了。

那年几个连着教师节的假日，我和妹妹每天都陪妈妈到台北市立体育场赛网球。有天抽空去青康看了场乔治史谷特的《忘年之爱》。总忘不了那天傍晚踏出青康时的情景，天上尽是一波波滚动着的红云。我哭得一塌糊涂，说不出是不是为简爱，或桑堡大火后的废墟，或瞎了眼踽踽独行的罗契斯特。反正就是哭，整整地哭湿了一条红砖路。

看到棒球场，想到沈清文，想到徐生明，想到我的英雄们，忽然有种回了老家的感觉。绕过黑黑的看台底，一踏上球场时的感觉简直祥和得说不出，有几个黑黑的人影正背着落日在球场上挥棒、跑垒，跟皮影戏一样，偶尔掺杂些童稚的笑闹声。我走到外野的草坪上，躺下来，细细的小草搔着我的颈子，让我想起白先勇那篇《毕业》里的“余燕翼颈后茸茸的汗毛”。

看看天上的红霞，想好多好多的事，其实那年才初二，却觉得什么都去得那么快。那阵子家里处了十年的老狗阿狼刚死，儿时的好伙伴老二搬了家，我在学校孤独，又老看灰灰的白先勇小说，总觉得自己好老好老，凄凉冷清得像个没有比赛时的体育场。

在妈妈的亚洲软网比赛中，和妹妹认识了两个日本选手，稻垣和山口。只记得他们都有张很红很红的娃娃脸，腿子好粗好多汗毛。几天下来，我们混得很熟很好，虽然也只是他们冲我们做鬼脸，我们对他们笑，但是我知道我们真的很好，很好。爸爸笑着说我们是对小汉奸，但是不愁，告诉自己，超越国界的友谊是最值得珍惜的。

假期结束时，也是他们要回国的时候了。最后一天我们央着妈妈带我们去看他们。妈妈和稻垣讲日本话，我们听不懂，只急切地仰头看着他，他那么高那么高，讲些话，就虾个腰，声音好好听。又是满天滚动的云。他握了握我们很脏很脏的小手，再揉揉我们的头发就走了，消失在那个红霞滚滚的西天里。

那天傍晚回家时，颠颠的28路车上，晃了我一衣襟的泪。车过松山，外头是一片漆黑，只有远远基隆河畔的点点灯火，被泪水汪得模模糊糊，像团团的火球，一个个忙碌地飞过天边，真的，什么都是会去的，然而怎么办，我是那样一个赖皮的人，我只要上帝，让每一个人都能永远停在他自己喜欢的时刻里，我不要长大，不要阿狼死，不要稻垣走，不要回去面对可怕的学校、冷冷的世界！

风起的时候，我一定要来体育场，一人坐在整个空空灰灰的石阶上。风会扬起我的短发，黑裙子，和地上的纸层。我坐一下午，或想事情或不，或哭或笑或不，都没关系，走出体育场后，依然又是太阳底下无新事，风已吹干了我的泪和笑。

艺术家们常爱取景一个满脸皱纹的老头孤单一人坐在空荡荡的体育场里。我常想穿绿衫的女孩托着腮坐在那里会是个什么样子，惨绿少年？……却道天凉好个秋。这种时日真是好，恣意地赖在母亲怀里，笑可以笑得好伤心，哭可以哭得好快乐。

看风看云看夕阳，想朋友想稻垣想天父，想我海棠叶上的斑斑点点。

啊，我曾经迤逦过怎样一条又一条红砖路的少年泪。

今天小静来教我数学，她人虽静静的，教起人来却也没什么耐心，就是这样嘛，就是这样嘛，对不对？……嗯，嗯，我猛点头，数学真真是伟大。我看她画了一张又一张计算纸的三角形，又实在不好意思问她，先说赛因扣赛因到底是什么东西，拿来干嘛的？张了口："我们出去晒太阳好不好？"小静说随便，我们就到屋后的小山头上坐了一上午。

"小静你看——""红蚂蚁。"我们相视笑了笑。

我们三人，橘儿、小静、我，曾经发过誓，只要我们三人在一起的一天，就永远不谈别人，别人就是指我们三人中任一个会有危险的男孩。十年后不谈，二十年后不谈，三十年后也不谈，就是三人将来一起去瑞士法国斯德哥尔摩时，也要挥一挥衣袖，不带走一片云彩地去。

我信得过自己，却怕橘儿、小静，她们长得都漂亮，成天就有人干扰。朋友，朋友，是我最大最珍贵的财富，除非有一天她们不要我，我是不打算离开她们的了，宜阳说我固执，他说："如果大家够好，那一天来临又怎样，也许会不再有那时死心塌地的天真，但世事曲曲折折的美丽就是如此，也许你一旦迎向它们时，你会另有一番心境，只要你不要先入为主，你会更好。"我知道的呀，"死生契阔——与子相悦，执子之手，与子偕老。"是啊，多么傻，人那么小的。可是世间只有少年人敢、能无视天意，所以我不管那么多，我就是要！

下午天闷闷的，问小静要不要骑单车，小静说随便。从邻居那儿借了一辆红跑车给她，小静适合红色，但是她喜欢黄色。

真是要命，刚骑出隧道就雷声大作，一会儿雨也叭达叭达地砸将下来，偏是这一路都是人行道和安全岛，我们只好快快地骑。其实我是很喜欢淋这种晴天落白雨的，打在身上都会痛，比绵绵雨好，那种雨最是恶心。可是小静是娇娇的姑娘，得找个地方躲雨。

远远地看到店铺了，小静的车却又脱了链，两人真是狼狈，弄了一手黑油也扯不回去，只好慢慢地滑车，滑到店铺的骑廊下等雨停再找车行。

要是有个哥哥该多好。他一定三下两下就把车链给装回去，然后继续领着我在雨中飞。或许他载我，载到远远的大街上买乖乖，也许是去看他跟隔村的男孩ㄅㄧㄚ（台湾注音，biá）篮球，他的外线奇准。或许他不载我，嫌小毛头吃得跟条小猪一样重，他要载女朋友，他让她坐在前面的车杠杠上，她们的头发香香的，绿野香波，不是小毛头的一蓬汗酸。他会教我跳舞，跳吉鲁巴，甩得我头晕晕的，揉揉我的头发："小Q，这聪的。"他教我玩桥牌，说："笨死了，你！"但是教完了自然制又教我精准制。他爱爸爸妈妈，穿着条破兮兮牛仔裤，我会跟人家说："我哥是建中的欸。"或许说："我哥是强恕的，给学校记过两个大过，他最那个了！"好歹哥哥就是那样一个让人骄傲的东西。

等雨停，车修好后已经四点多了，我们还是继续骑，骑过基隆路，不知不觉又向台大跑了。刚转进罗斯福路，煞车失灵了，我又忘掉每次车淋了雨都会这样，好在两人胆子大，没给吓着。

小静说要去找孟姊姊，图馆三的，噢，有这种系。我们并骑在椰林大道，风凉凉的。"小静你将来要读哪一系？""不知道，也许我会转回文组吧。"我敞开脸笑。"你呢？""外文吧，或许历史，地理也好。""鬼你头，台大文学院哪儿来的地理系。"噢，这样的呀。

这会儿突然想到联考，那真是一桩好遥远的事。我爱在台大的椰林大道上骑单车，觉得就这么骑罢，骑上一辈子。可是想来我竟还没立过这一类的誓啊，没立过誓要考台大，骑四年单车，对呀，我怎么没发过誓，下回跟橘儿来时可要记着。

柏油路上已半湿半干了，风凉凉地灌着人，我们跟在云上一样。我忽然想起吹黄玫的歌，“By the Time I Get to Phoenix”，我的口哨吹得奇破，主要因为音域太窄了。可是吹着吹着，整个校园都变成了凤凰城。我跟小静说：“你看凤凰树。”

到了第三宿舍，孟姊姊还没回来，我们就在会客室等。看着一个一个的女孩进进出出，她们的头发长长裙裾飘飘，我不禁端坐起来，她们真真是大人啊。

有个男孩子直在我们面前晃，我想他一定在等个令人头痛心疼的女孩。他晃得我们快发昏时，女孩来了。果然，小小个子，红格格的娃娃装，圆圆脸，头发乱蓬蓬的，翘翘亮亮的红唇，一看就是生来要磨折人的。

每看到漂亮女孩时，我就想当个男孩，我可以像欣赏一朵花儿一样欣赏她，我的花儿们啊！小静就是这样的女孩，每次看到她，就希望自己是个男孩子，娶她回家，给她一个小花园。

此刻他们两人并坐在沙发上，女孩神采飞扬在讲着话，男孩看起来稳稳的，只是笑着听，握着她的手。我一直好喜欢男孩大大厚厚的手握着女孩的小手，那会让我也想来谈恋爱，想到自己是阳光下在风中招摇的花，该有人来欣赏的。

不过恋爱似乎是桩挺麻烦的事，姊姊为它哭，妹妹也为它哭。夜饭桌上，姊姊讲着他会脸红，妹妹则说："那死鬼啊。"我们全家一起笑。想来孤家寡人该有些冷清，不过不愁，我有爸妈和天父。

姊姊和妹妹都各有两次轰轰烈烈的罗曼史。我爱趴在床上央妹妹讲给我听。那的确是一桩很不凡的事，比数学还要复杂、还要伟大。我常听着听着会跳起来，呆瓜，为什么一定要那样？这样这样不是很好？妹妹总笑道："哪儿是这样，你不懂的。"我说，啊！

五点多了，孟姊姊才回来。她是个高个，一只手搂一个地把我和小静往宿舍拖，一会儿我就觉出她是个热情真实的人，并不是因为她的亲热举动和高昂的语调，有人也是这样的，可是只要缺点儿真，就显得很官场、很虚，差很多的。

女孩的宿舍真是壮观。我和小静坐在床上愣愣地打量着四周，孟姊姊正忙着弄这弄那，脸颊老漾着笑。一会儿进来一个女孩，气质好好，很静的样子，她也来问了声安，我们便闲聊几句，想不到竟扯出一大票熟人来了，她认识小舅和表舅，我则认识他们团契的一些人。小舅是神父，跟大专团契的都很熟，表舅则也是台大合唱团的。这个女孩我原是晓得的，她名叫林白翎，是合唱团指挥，小舅曾说过我长得像她，我不禁仔细看了看她，她长得比我细致得多，也比我坚毅、比我温柔。不过显然我们都一样内向，见了生人会脸红。

她向我问候了小舅，我说小舅前些时日才去英国南部度假。小舅是台中一中毕业的，本是保送台大医科，不过他把名额让给另一位家境贫困的同学，他自己来。台大医科七年毕业后，他决定了一生从事圣工，服完兵役就读神学、法文和拉丁文。现在则到英国念书，去年正式升得神父。

我一直最喜欢小舅舅，他老带我们上山下海，认植物讲故事唱歌。我认识他有十多年了，可是他还是跟我第一次记得他时一样，白衬衫，卡其裤，一双大布鞋，高高的鼻子，宽宽的额头，眼睛一转就一个笑话。他每次总喜欢叫小洋鬼子来与他说话，因为每回我学得几个英文单字，就爱夹七夹八地跟他讲。

孟姊姊和白翎姊送我们出去时，已经天黑了。白翎姊读的是植病，小静在问她一些丙组的事。我也想来问问孟姊姊文学院的事，可是怕一开口又是台大地理系什么的要命糗事。我安静地走着，想，这两年来我究竟在做些什么？发起狠来的时候，声言要为爸爸妈妈用功，要为猫咪用功，可是就是这样，日子过得还是一样，我还是没什么概念，对未来。

我不禁想到妹妹说过的，她觉得姊姊的生命每一格都是满满实实的，她自己也是，不过模糊些，她的二姊则是空白几格满一格。初一初二时就是这般，初三时搬家转到和平中学，我对初三的生活依然没什么概念，每天回家擦单车，到新居附近当探险家。后来遇到了一个好老师，我的导师张美香，她让我做自己的主人，对自己有信心，让我过得很单纯，却一点都不孤独，我一直好喜欢那时的自己。初三开学没多久就开始复习考了，考考才发觉初一初二的课本都没有留，因为我对联考一直没什么概念，每一学期结束，我就卖掉一学期的课本。这会儿呢？我不禁怀疑高一高二课本可留了几本，我知道起码数学是扔尽了，历史、地理、英文呢？不知道啊，我的天，真真什么都是一片空白。

她们送我们到校门口就走了。椰子树在路灯下显得翠翠的。小静继续地在讲着丙组的事，我要恨起她来了。

蹬快了单车，迎风甩甩头发，我把小静、夜和台大抛在身后，远远的。

一早就被电话给吵醒了，瞌睡懵懂地讲了几句话，听那头正笑得厉害，不用想就知道是谁，笑声卷卷的老是止不住，像弹簧。想来刚才我多半是讲了些梦话。

“昨天读得好不好？”橘儿这妞儿有时真没人情味。

“还好。只有傍晚和小静骑了会儿车。”

“哼，就知道。现在下令你来学校读书，九点半以前要到知不知道。带国文和化学，后天要考的。”

我连声答应，脸老是收不住笑。橘儿就是这样，气焰很盛，我曾经跟她斗过几次气，结果都是我道的歉，虽然其中一次该是她不对。但是我喜欢她就是喜欢在这儿，她会管你，泼你冷水，但也和你一块做梦，做得比谁都疯。

刚升高二的时候，我们几个人称死党的朋友突然七零八落起来了，不知道是不是为了小静的转自然组，我的别扭，和邓跟猫咪的日益亲密。总之，就见她一个人忙。刚开学，她就在到处奔走，十四号是邓生日，请诸位千万不要“不小心”忘记了。十月的时候，她又在忙，二十二号是……她会随时告诉死党，小静这次月考考糟了，你们要给她打气。邓最近阴阳怪气，少惹她。小虾这次有笔小收入，各位准备好你们的竹杠。

我的朋友中，只有橘儿跟我处得最平。从来不会觉得她比我大，或比我强，我也不会。平起平坐，就是这样。她的性子是少见的强，可是有张甜美很女孩气的脸蛋，深深双眼皮的眼睛的自来笑，还有张惊人容量的小薄嘴。

常听人家嫌父母管得紧，压力太大，却没想到若父母一丝都不管，压力更是无限的大。我的爸爸妈妈十分信任我们，什么事情都完全让我们自主。这样的父母，大多数的时间对我们来说是好的，不过到了觉得快驾驭不住自己时，就要怨起他们平时为什么不多管些我们，为什么要给我们这么大一份自己能力跟不上的权利。当然他们常叮嘱我们：“不要滥用爸爸妈妈对你们的信任。”可是做惯了快乐女孩，我竟不知要如何拉下脸问些问题，好在问题摆几天差不多也忘掉了，只是心有时会空空的，例如他们从来不向我要成绩单看。所以我很爱被橘儿管、被猫咪管。她们忠告起人都煞是好听，良药苦口忠言逆耳对我来说是不然的。放学的时候，橘儿会说，明天要历史小考，还有你要补缴化学作业知不知道，回家不要看完电视就赖床懂不懂。我总是笑着拨开她那故意皱着的眉，连声点头答应。高一上荡昏了头，寒假里拿到成绩单后惶惶地问猫咪，下学期开始用功还来不来得及？猫咪想了一下："我看是没救了。"愣住了，我原是希望她安慰我："傻小虾，这还用说！"现在想来不知道她是不是用激将法，不过显然是激错了人，我惊了两天，就和小静、橘儿上埔心露营去，把什么事都扔在灰灰冬天的台北市。

可是橘儿一直不喜欢猫咪，说是她太严肃了。但是我想她是一个占有欲很强的女孩，她可能怨猫咪曾经把我拉跑掉，现在则又拉远了邓。猫咪也不喜欢橘儿，说她太不用心，老正经不起来。这可能是真的，不过她们都是最好的人。

下了公车时已经十点多了，我照例到学校后头的小店买了两包蜜饯。吃着走着，看"总统府"亮亮地浴在阳光中，不禁感到有些心虚。小高一的时候，我天天总坐早班车上学，站在"总统府"前看升旗，唱升旗歌。我站得挺挺的，是个伟大的小兵丁。最近突然发懒了，好久没有看过晨曦中的"总统府"，好久没在它面前立誓。面对它的时候，我总有一种面对天父的感觉。最近真是对什么东西都疏远了。

我觉得我该开始读些书了，就径自到钢琴室去，不去教室找橘儿，怕两人见面少不得又要海吃海喝一天。我最喜欢假日时的光复楼，寂静古老的走廊真是春秋，窗外的绿树却又正摇得青春。我大剌剌地走将起来，让老皮鞋惊起伏在案上的人，和睡在地上的阳光。

进了琴室，我把头发给夹得清清爽爽的，裙勾勾松开，鞋袜也脱下，一种“备战状态”中坐定下来，打开国文课本。

其实我是很喜欢国文的，不过这完全是要自己来。像《列传》描述荆轲：“荆轲游于邯郸，鲁勾践与荆轲博争道，鲁勾践怒而叱之，荆轲嘿而逃去，遂不复会。”书本上注释“嘿”乃古“默”字，我却以为嘿就是现在的嘿，荆轲这个调皮的人，我宁愿相信他是跟鲁勾践扮个鬼脸，咧着嘴长笑而去的。读读《列传》，好后悔自己这两年来跟国文叛逆，把一直想读《史记》的心也叛掉了。我喜欢司马迁，虽然他定是个O型人，不过他却极有情调，尤其比起班固来。

像宋濂，我对他的文章没什么感觉，不过看到课本说他是：“濂文神思飘逸，词情典赡，惟才高辞富，不忍修剪，故其文或不免繁芜之累。”我又觉得他很可爱，是个有满肚子话急着要说的小孩儿，所以我一直比较喜欢王祯和而不是黄春明，因为王祯和的文章就是有那么一点芜累，不过正是才高辞富，不忍修剪。喜欢汪中，则是因为他“专治经术，宗汉学；治古不法韩欧，而以汉魏六朝为则”。不知道为什么，只要看到有人不法韩欧，我就要来欢呼几声，大概是我的爱离经叛道。

看着书的时候，我爱与古人们热闹成一堆，替他们猜血型。像曹植，虽说他是任性而行，不事修饰，饮酒不节，看着是B型，但是他有“煮豆燃豆萁，豆在釜中泣：本是同根生，相煎何太急？”的哀怨，而且他会因为曹丕对他的动见猜防而抑郁发疾而终，他是A型的。荆轲则一定是B型，因为刺秦这样一桩大事，他也可以壮烈得那样糊涂。徐锡麟也是B型，因为他有些是无头苍蝇，东弄弄西跑跑，但是我好喜欢他的夜骑危墙观星象，真真是个少年啊。本来我是很怕太炎先生的，想他是个从没有青春过的人，不过他既然能欣赏得了徐锡麟的浪漫，想来他还是位可爱亲人的老先生。韩愈必是O型，因为他上表谏迎佛骨入宫，因为他不恤生死以斥佛老，因为他以发扬圣学为己任。欧阳修则是B型的异类。孔子是B型，圣之任者伊尹是O型，圣之和者柳下惠是A型，圣之清者伯夷是AB型。东坡该是B型的，不知怎的却是O型。爷爷很喜欢东坡，有回讲苏维埃，冲口竟说成苏东坡。

大约中午的时候，有人在砰砰地敲门，我趿着皮鞋急忙去开门。果然是橘儿，我们的默契真好。

“颇为壮观。”橘儿笑着打量我一身的邋遢。

我们走在贵阳街的红砖道上，到桃源街吃干面。今天天很闷，一点风影子都没有，可是我把国文已读了大半本，心中满得溢出来，人又要疯上一疯了。看《大地震》？好。去士林？好。动物园？好。走回来？好。我们在讨论着考完后的节目。那真是令人兴奋。

士林大吃一场，再走长长的中山北路回台北，是我们的老把戏。不知打从什么时候开始，我们死党总爱抓空往士林跑，“我家”的蜜豆冰，市场里不加牡蛎的蚵仔煎，大饼包小饼，筒仔米糕，然后买包辣得人直喊的豆干，背着装满粮食的书包，边走边吃地荡一下午。

我尤其喜欢正午时候的圆山，那里的天空特别的蓝，人行道旁有曲曲折折的石阶通到山上的房子。张爱玲先生说过法兰西这三个字会令她想到微雨初晴的天空，英格兰则是蓝天下的小红砖房子，她的母亲是个美丽而且实际的女人，她告诉女儿，这两国的气候却恰恰与你的想法相反。但她仍拧不过这个印象。此刻我也要说，正午的圆山天下，是一片英格兰的景致呢。

有回我和橘儿、小静请路人帮我们照一张相。我们跑到几级阶梯高的小山腰上，倚着小石墙向下看。照片洗出来，我们的身边是一片沉蓝的天空和墨绿的九重葛，花岗岩的石墙是中世纪的古堡，我们则是三位在井边刺绣的美丽公主。

五点多进动物园最好，那时游客几乎走光了，入口快关门，管理员也少了，我们就翻过栏杆，亲手拔地上的青草塞进骆驼们满是黄牙和白唾沫的嘴里，它们真正是不打算刷牙了。我们还摸小驴子，它则是个乖宝宝。跟猴子握手，它们的手又凉又软，甚至比很多人的手都细滑，你知道它们的眼神，在讲着话的，告诉你沧海桑田前天父儿女们的老故事。我们曾经趴一个黄昏的栏杆，呆看鸵鸟又肥又壮的大腿，想着老天禄的卤鸡腿。

我喜欢到动物园去，那会让我觉得自己又是在伊甸园中赤身奔逐的夏娃。天父在上头笑着看我。

我们爱走中山北路。虽然人们说那是一条洋奴街，街上则是走国际路线的人们。但是我们还是走，每一块红砖里都有我们的誓言和梦想。秋天的时候，我们立在道上仰脸等枫红。冬天，我们缩着颈子拾地上的落叶。春天夏天，我们则又走在绿叶的风里荫里，快乐得想哭。年轻是和朋友们快乐地一起哭在一个蓝天下。

走过大同工学院外的枫林道，就是我们的“上岛”了。我们曾经发过万千个誓，要到里头待一辈子。可是我们走过它万千次，还是只在远远的路边打量它。它有七棵南国的椰子树，红白相间好温馨的遮阳棚。我们愣愣地看着，总以为自己是在香榭大道旁的咖啡座，迎风招摇的椰子树是法国梧桐，我们则是香车美人。

“还要拍续集哦。”橘儿扬着眉说。

我笑了。我们爱拣个艳阳天，留下我们的青春。上上星期六才走到上岛，柯达二十张的正好照完，所以橘儿说要继续拍下面的路程，我们的 Cat Shop！ 我们的 Captain’s table！

坐在路边吃干面，一会儿竟有阵过堂风。我看看身旁火焰熊熊的锅炉，阵阵白烟拂过我，忽然以为我是个游侠，《列传》里的游侠，无尽地玩在日月山川里。羽扇纶巾谈笑间，或许吧。

今天是个大好天。一早被鸟儿从梦中唤醒，晴空艳阳，这种天最是叫人手足无措，好像该写些诗的，要不到海边或山里去，要不坐在后院的柳树下看《创世记》，总该有些美丽事情的！但是面对这样一个好天，我反而会窝在床上，想，该如何消受这一天，结果总是就如此地在家躺上一天。同样的，面对这大好的一个青春，日日都觉着该有一些轰轰烈烈的大事才对的，因为青春是如此的好，可是过着过着就两年，什么事情都没有，我也安然。

早上把书桌收拾得清清爽爽的，坐定下后，随便拿起一本课本摊在桌上，窗外的阳光绿荫映在光洁的桌上，不禁让我生起一股大志来，觉得眼前有个大世界，要我来开创。我本是个连日常抹抹桌椅，亦可以觉得是在扫荡群魔的孩儿。

中午的时候接到一封信，是小童写来的。小童说：“我怎么能跟你的英雄古人们争？”我哑然失笑，想到自己多半老跟他谈拿破仑。

我喜欢拿破仑，喜欢得自己也不晓得是为哪般。崇拜他的人，可以背出他的日记和每一句名言；爱他的人，可以清楚地数说他的每一个战役和每一个情人的名字。我什么都不行，只能偷偷地躲到一个角落里，每一分每一秒地想他，想得心都痛了。

高一的时候，国文先生出一个作文，题目是“假使时光可以倒流”，我毫不犹疑地写道：

一七九六年，马赛。

一个充满了紫丁香郁郁的仲夏夜。我和他依然像很多个晚上一样，在庭院里漫步着，我说，听，他们在奏《马赛曲》。他停下步来，郑重地看着我，苍白的脸愈发显得苍白：“幽静妮，你相信命运吗？我，生就是个创造历史、改变历史的人，我十分十分地确信。”

我说：“你可曾想过历史上任何一个伟人，都有一个女性衬扮着？”我的声音发着颤，我才十六岁啊！

他扶了扶我的肩头，仰着脸向天空说：“幽静妮，你放心，我会把后冠戴在你可爱的黑发上的，你将住在玫瑰花香的枫丹白露宫。法国、欧洲、全世界，都是我们的！”

他像发狂了般。我怕。我想告诉他，我不在乎你只是个炮兵上尉，只是个科西嘉流亡分子。皇冠、法国、全世界都不重要，重要的是你啊！仅仅是你啊，拿破仑！

一八〇四年，巴黎。

他们加冕了一个名叫拿破仑彭纳巴的人为法国皇帝。再会了，我马赛时候年轻的恋人，那个人也叫拿破仑，但他会陪我在篱边赛跑，他只有一身破烂的军装，但他会跟我一起为歌德书中的少年维特掬泪。

一八三九年，巴黎。

他的灵柩由圣赫勒那岛运回。经过凯旋门时，我将一束紫丁香抛去。还能说什么？

此情可待成追忆，只是当时已惘然！

是谁说的，丘比特带了爱之箭，却忘了戴手表。

多半我把自己想成瑞典皇后黛丝蕾。我爱跟小童谈我的每一个偶像。我很会为自己制造偶像，因为感情太优裕了，不过所幸都是理性的制造，一个个偶像的幻灭，并没有带给我多大的痛苦。初中的时候，我疯狂地喜欢一个男老师，幻想着我们的婚姻生活会是哪般。后来在大街上看到他趿着拖鞋拎条鱼，我就决定喜欢巨人队的沈清文。后来从报上知道沈清文要小上我三个月，我就想吴建国算了——这可保险得多。

有位叔叔长得像乔治史谷特，那么他是桑堡的男主人，我则是简爱，苍白而谦卑。半年后他结婚了。婚宴上，我和姊姊举起酒杯向叔叔和新娘敬酒，我笑吟吟地饮下芒果果汁，我笃信我们的柏拉图式爱情呀！我在日记上写道。

有位好朋友的爸爸像极了卡莱葛伦，他是我觉得仅次于毕兰卡斯特最好看的男演员。我就写了一篇《俪人行》的小说，写一个中年男人和一个穿露背装的女孩，在一个冬日里驾车到垦丁公园的事。因为南国冬阳下的椰树老让我浪漫得想哭。故事写到女孩在垦丁宾馆里叫 Sherry 酒时就写不下去了，想到女孩在冬日里穿露背装，而且他们是精神恋爱，不能有什么肉体关系，凡此诸般不是，就停笔了。

小童是大后唯一载过我骑单车的男孩。他有一种大哥哥的模样，跟我讲钓鱼爬树偷果子的事，讲得神采飞扬。可是他也爱玩，玩些我不懂的大人事，那种时候我总怕他，不认识他，也不想再认识他。我喜欢小童一种时候，他告诉人："一开始手会很痛，然后会生硬皮，会起茧，以后就没感觉了。很可怕是不是？不过不要怕，你会知道边弹边唱有多畅快。好好学哟。"小童说的是练吉他的事。后来我就买了把吉他，我很聪明，学很快，一会儿就能盘着腿坐在床上自弹自唱，唱他教我的第一首歌"A Place in the Sun"。

再过两个星期就要大专联考了，不知道小童还跳不跳舞。他有长长的头发，很漂亮的。现在想起来我们认识是一桩莫名其妙的事，分开来更是一桩莫名其妙的事。那是五月里，小童说好在公园等我。橘儿要我别去，我笑道，收集写作资料去。橘儿说，要收集资料找别的路。我叫她放心，我自有一番打算的。可是走着走着竟下起大雨了，我突然惶惶然地想念起橘儿。

每回雨天在“总统府”前等着过马路时，看着眼前来来去去的车子，我总会想到对面该有个男孩在大叫道：“I love you！”像《昨天再见》里那个男孩一样，或许我会不顾一切地向他奔去。

小童不了解为什么我不肯参加他的毕业舞会。我也不了解，并不是我不愿破高中不参加舞会的纪录，也不是怕舞会是真如人们说的那么可怕。我怕为难的事，也怕有话讲不清，我只是想把什么事都条理得清清楚楚。我总不忘记看到猫咪时的心情，更不忘记和橘儿、小静的誓言，我只是想过个不会令我费神的生活。

小童抽烟，小童不懂。就像一回他陪我等车回家，我们并肩坐在红砖路上，他聊儿时乡下的生活，我笑得好开心。那天月亮又圆又大，他说以后都陪你等车回家好不好？当下我说不好，脸上的笑意都还在。我最喜欢的时刻是放学后和橘儿、小静谁也不陪谁地三人一块儿走长长的路。可是小童不懂。再找好一点的理由拒绝，他说。那晚的月亮好漂亮，可是我更喜欢星星，橘儿、小静、邓、猫咪、小苏都是我的星星。

我常常想念五月里的下雨天，把世界刷得凉凉绿绿的。

小童走进我干干净净的世界，也干干净净地走出我的世界。我常常想念小童，一个那么爱跳舞披长发的漂亮男孩，一个讲起抓麻雀骑单车时会更漂亮的男孩。

大后，每每看到男孩子，我都不自觉地要拿他们跟小三比一比。小三是我童年时候最爱的一个男孩。我们一起疯过好多个夏天，可是我仍然记不清他的模样，因为我总不敢看他，看他一眼就要惊心动魄。孩子群里，他像个大哥哥，他很尊重女孩子，但是从不婆婆妈妈地体贴人，他总只在远远的一角盯着人瞧。以后看《战争与和平》，每看到皮耶，我就会想到小三，那是一种好温馨的感觉，好像不管这世界怎么变，你怎么变，都有一个人好深知你，在地球的某一个角落。小三就是那样的男孩。众里寻他千百度，蓦然回首，那人却在灯火阑珊处。这句话我只给爷爷和小三。

小女孩的时候，我作过一首歌，是关于小三的，最后一句歌词是套爸爸刚教过我们的《长恨歌》里的，在天愿作比翼鸟，在地愿为连理枝。我自己常常唱，对着月亮。到了我们都长大，不一起玩了，我搬家后，我也还是常常唱，只是什么感觉都没有。一直到看了《两小无猜》后，学会那首BEE GEES唱的“First of May”，我忽然想到小三，想到现在我们都比圣诞树高了，但是我竟不知他在做什么，他亦不知我在何处。不过这些都不重要，此刻我只想唱歌给小三听：

The apple trees that grew for you and me,
I watch the apples falling one by one.
And I recall the moment of them all,
The day I kissed your cheek and you were gone,
Now we are tall and X'mas trees are small,
And you don't ask the time of day,
But you and I, our love will never die,
But guess who cried come First of May.

曾经一个六月的晚上，我站在门廊上唱我自己作的歌，看着星星一颗又一颗地落下来，此刻我要告诉小三："Our love will never die！"

刚考完国文。我拎着化学课本正想一个人到车棚那儿的树丛去逛。每每考试一激烈时，我就会想一个人缩到一个无人的角落里去啃指甲。我不敢去找我的好朋友们倾诉空虚，因为我一向怕活着是个累赘。

刚下得楼，就迎面撞上乔。

"好啊！乔一天不找小虾，小虾就一天不跟乔说话。看看人家对你多好，你却对我那么坏！"乔递个热包子给我，我默默地接过来又发呆了。

乔有个少见的长手长脚长个子，嘴唇薄薄的，说什么怨人的话都可以说得不假思索。要是一年前我听到她这番话会如何？……不知道啊。一年前我还在每一个男孩子身上找乔的影子。我常怀疑自己是否生存能力太强了，为什么那么快我就能适应环境，能站立起来了呢！站立得那么直！这虽是我一向喜欢且希望的，但是碰到乔后就不然了。在乔面前，我是但愿自己卑微软弱得像株细藤葛，而乔是那高大挺直的松树。

很小的时候，我就对妈妈说，我的爱情必是要建立在一见钟情上的，因为那是惊艳，是缘。我的丈夫则必是要能让我崇拜至死的。妈妈剁着菜看我一眼，笑笑地说了很多话。细水长流？我好惊异，我一直不晓得当初和爸爸私奔成家的妈妈也会讲细水长流。我不懂得的，我以为感情当是一桩让人欲仙欲死的事情。

认识乔，是在一片华尔兹的乐声中。高一刚开学的土风舞课，乔担任小老师。音乐一响，是最最罗曼蒂克的《学生王子》，这是我后来才晓得的。乔向大家说，找好你们的白马王子，然后大大步径自到我跟前，深深一鞠躬，优雅潇洒得像个圆桌武士，我什么都不会，脸红红的被乔推拉了一首舞。以后只要一听到圆舞曲的华尔兹拍子，我总是会脸颊又红又烫，心头闷得难受，想着乔，想到她长长的腿，和周旋在众人中的谈笑风采。

乔是个很可以灵和体分开的人，她的心从不让任何人插进一脚，但是她的人却是永远属于大众的。她结交朋友就像在办公事，成天跑东跑西对什么人都一样。然而我一向是骄矜的孩子，从小我爱手枪不爱洋娃娃，但是睡着觉，我定要搂个厚实的枕头。可是乔什么都不是，她不是橘儿、小静，在我最需要她们的时候她们会在身边，她只是颗闪烁不定的钻石，是个流星，眨眨眼就消失，连许个愿都来不及。跟乔在一起的时候，我才第一次了解浮生若梦的意思，原来世间最珍贵的东西，往往都是那样虚幻不定的。

她那么强那么强，是颗天上耀眼的星星，我也是那么好强，强烈的野心常把我弄得觉得自己是个阴险的王莽。理智要我强过她，要和她分庭抗礼，要，要恨她，可是乔却把我弄得迷迷离离，让我在日记上写她的名字，躺在床上想她的每一句话，趴在窗前看月亮，想她的一颦一笑。我的感情要我做个柔柔顺顺的小女孩，仰望她，一如她是个强者，永远绕着她走，一如她是颗守护星。但是乔只是乔，她是众人的，是颗流离不定的流星，稍纵即逝。所以第二天到学校，我又是个对什么都很漠然的女孩，我又把自己压得好紧好漂亮，乔，算什么！

练篮球的日子里，我着一身白衣裙走在清晨鸟鸣的罗斯福路上，乔吸口气："小虾真是小鸟依人！我见犹怜。"我不在意地瞟她一眼，看到她正男孩气地大步走着，真是惊心动魄！

新合兴的清冰真的是清冰，连一些颜色都没有，乔咧咧薄薄的嘴朝我扮个鬼脸，笑笑，我真的爱她，真的爱，可是爱得不像，只会淡淡地笑，让她说小虾阴险；有时她对我说话太放肆，天知道我的性子又是那么强，恨得她要死，但也只会笑，淡淡的，让她说我茫然无知。

整个夏天我们都在比矜持，但是我真恨她，因为乔即若是在恨人或爱人，也都是那般的漫不经心，然而我更恨自己的专注。虽然表面上我们谁也不欠谁，但是我知道我是输了，多不甘、多不愿啊！

刚熟起来的时候，乔爱与我谈尼采，谈叔本华。我却是最讨厌这些，以为他们都是些吃饱撑了的人，无聊，不切实际，尼采宣布上帝死了，世人刷牙的还不是依然刷牙，吃饭的也还不是依然吃饭。我和乔在书店里吵了一下午，最后她气得狠狠地朝书架上一指："好，你要实际，你去看这种书好了！"跺跺脚转身走了。我看看书架，是丘永汉教人赚钱之类的书，就笑了。

以后在一起我们都不谈意见会相左的话题，没想到也就真没话说了。只是我们依然到处闲荡，一星期荡三次淡海。第一次去的时候正是台风天，我和乔跷了半天课去的，走到沙滩时已经一身湿了。淡海有无尽头的沙滩，黄滚滚的浪像要漫天了。我突然想到乔是江边送别李白的汪伦，"黯然销魂者，唯别而已矣！"我呢，约莫要到水的那一方去了。我看了一眼乔，她正挺挺地站在海中对天吼歌。一会儿转过身来笑，真是真得一塌糊涂。

后来我们脱了外套书包赛跑暖身。乔是学校有名的短跑选手，可是她故意跑得很吃力，等着我与她并肩，跑跑，乔喘着气笑道："你看我们像不像风景画片里沙滩上的男女情侣。"当下我不敢看她，继续跑着。我不相信世间有真正美好持久的事，所以我不敢正视它。

回家的时候，我们装作一对丢了车票和钱的小可怜，湿淋淋地站在淡水镇中心的街上挥手搭便车。好不容易上了一辆吉普车，开车的军人道："北一女的学生都在读书噢？"我们不知道该如何接话，两人偷偷地相视一笑。车进得市区，乔跷起了腿，甩甩头发，眼光又让我不认识了。我心痛地在想我的乔，我的大风雨中在海边对天吼歌的乔。

乔活得很累，我晓得。因为她太活，她有太多面，她必须在每一面里都切实扮好人们要她扮的角色。她自己也说她是属于大众的，所以她永远没有真朋友。有时我真累了，就狠下心和猫咪坐在光复楼的长箱上晒太阳，她看了又嚷："哼，小虾成天只和丈夫一起，都不理你的情夫了。"我看着乔，那熟悉的模样，总还是止不住地要惊心。真的什么都可以不要，我与小童交朋友，原也只等她带酸意的一句话："红粉知己！"

欲仙欲死，原就是这般的感觉。

乔爱海，爱海军。她日日都与我谈她的英雄们，这种时候我都不认识她了，我只能淡淡地笑着听，想着我的乔，不是眼前的。有一天我突然惊奇地发觉到我付出去的竟这么多，而乔依然在办公事，在谈她的英雄们。我就开始装冷漠，成天只跟橘儿、卡洛在一起，她们本是我的星星，我的恒星，我需要一些稳固不动的东西，这种日子是好的，虽然不像跟乔一起时那样疯狂，穿着睡衣拖鞋坐末班公车，在大雨中跳探戈华尔兹，走罗斯福路一秒不停地运球回家，依在台大的尤加利树下闭眼看那自称申东坡的附中男孩射篮。

可是冷漠久了竟也成真了，我可以看着她丝毫不动心，让乔一封信一封信地怨道："虾，我们真是试探了老长的一段日子。觉得事情有点像那种连续剧老凑合不上的老套。也觉得自己遭受了你写的那篇《青春行》的愚弄。也许虾对乔的一些情已是过眼云烟了。乔总认为对虾是很仁至义尽的，也许虾受不了乔的 AB 型的自我意识，乔又何尝习惯 B 型的冷冷清清呢？朋友之属，非缘即孽。还是觉得出超好大，虾可以一个礼拜不理乔，自顾地在前头打情骂俏（口气多像个嫉妒的丈夫），乔却很没出息的——也许整个都不是理由，理由是乔不是丈夫只是情夫，而卡门务起正务来，情夫该走了——虾怎么说？乔。"

我只能慢慢把信收进书包。仁至义尽，这本该是我对整桩事情仅能说的一句话。的确，为了乔，我发过了多少从没发过的誓，为了乔，我曾哭过一次又一次，为了乔，小静、橘儿都不理我了，为了乔，我受过好可怕的恶语。那是刚升高二时，乔才上任学校班联会副主席，就被学校要求辞职。因为乔在高一时曾替建青拍过几张照片，本是没什么的事，但是经过一些人的嚷嚷，大家一喧腾，乔成众矢之的了。那阵子乔是有些丧气，成天被训导处叫去，同学们也都替她急。

我一直以为乔是个展翅待飞的大鹏，班联会对她来说实在是个可有可无的角色，她的能力才华是不会被些些个这种小事所挫的，我对她有这种信心。几日后，我接到一封班上同学写的匿名信，说是我对乔的事情幸灾乐祸，中间还有很多唾弃、厌恶之类的字眼。虽说平常我一直认为不要管你所不重视的人的批评，但是第一次看到这样骂自己的信还是心惊的，而且很伤心，因为我恨假，我怕人们说我虚伪。但是想想那人必是一样一心为乔。为乔，我受得住的。

爸爸告诉我，只可他无情，不可我无义，我明白这是爸爸一向待朋友的态度。所以我不当有怨气的，而且我也不可能有怨气，从乔那儿，我学了好多好多的事，知道了我一向企慕的一些东西。然而我总不忘记的是一个黄昏，我和乔去师大土风舞会玩，是一个红霞滚滚的黄昏，我穿着条青绿色的大圆裙，迎着晚风张得大大圆圆的，觉得自己是片西子湖里的荷叶，那个绋红绋红的年代。想唱《当晚霞满天》，但是老唱不全，只会唱了第一句，就哼哼唧唧地唱到了“我爱，我爱……”，但是我真喜欢，当晚霞满天。

整个热热的空气都像在灌人喝酒弄得人迷迷醉醉的。华尔兹的乐声一响起，真迷惘了，自己真真是《飘》里的郝思嘉，战事已老死在老棉田的红土里。我的世界，只有一片和乐升平，男孩，华尔兹，和旋转，旋转。

最后一支是我最爱的《田纳西华尔兹》，由小喇叭吹的，不是蓓蒂佩姬的低嗓子，但那才真是有情调。很晚了，开始飘些细雨，远处的灯火点点，和平东路嘈杂的车喇叭声依稀可闻。我们慢慢地晃着，一二三，一二三，一时我在二十世纪初年的密西西比的夜航中，那个可爱又可悲的岁月！不知为什么会这样想。眼睛又花花的了，眨眨眼，告诉自己，是雨，灯火变得一团团，整个世界突地光灿起来了。忽然觉得好幸福好甜，近乎有些酸楚。雨，是更大了。

乔等欣欣21路，我坐3路，在这一岸——这是我们参加过海上战斗营后的特别用语——十点多，起风了，凉凉的。乔的车来了，她照例夸张地飞了个吻，路灯下，乔湿湿的头发贴在脸颊上，像《第凡内早餐》里的赫本，她很漂亮，真的真的，她是很漂亮的，很漂亮的，一个女孩。忽然觉得隔在我们中间的不是和平东路，是个好大好黑的深渊。我也挥挥手，飞个吻，再见了！乔。

很多很多年后，我还是要对乔说，此情可待成追忆，只是当时已惘然。

乔，乔，我们谁也不欠谁。

一早到学校，本想问问卡洛坐标旋转约莫是怎么一回事，没想到讲两句话，就扯到小童去了。主要是因为我们讨论到前几天猫咪给我们做的一个性向测验，测验是这样的，“以前，在一个大森林里，大河的西岸住着三个男孩 B、S、H 和一个漂亮多情的女孩 L，河的东岸是住着一个男孩 M。四个男孩都同时热爱着女孩 L，而女孩心许的却是河对岸孤零零一人的 M。一次 M 得了重病，女孩 L 急着要去看他，但是她一人无法渡河，只得求助于邻居 B、S、H，B 和 H 都不愿帮助 L 见到情敌，只有 S 肯，但是有一个苛刻的要求，他要 L 的贞操作为帮她渡河的条件，L 在满心焦急下只得答应了。L 过了河见到 M 后，M 为她的牺牲很感动，但是基于心中的某种感觉却无法接纳她。整桩事过后，B 毅然地抛下儿女情只身到他乡去谋发展，S 仍然吊儿郎当地若即若离，只有 H 是不顾一切，诚心娶了 L 为他的妻。”这项测验是把读者对这五个人的喜憎按次序排下来，M 代表道德（Moral），L 代表爱情（Love），B 代表事业（Business），S 代表性（Sex），H 代表家庭（Home）。这样可约略看出个人所重视的是如何。由于我是 BSHLM，卡洛的则是 S 在最末，M 在最前，她就不禁很理直气壮地嘲笑我起来了。

这使我想到小童，小童说道：“……有时干脆我直接地对女孩说，我们来玩一种游戏如何？这样多省事，不愿意的就走，愿意的我们正好两全其美。免得像一些迂回了半天，两人都不小心地栽进去，害了女孩不说，更害了自己。误事！”当时我觉得对呀，这满合乎科学的。可是往后想想，又觉得不对劲，说不出是不是因为以为这种事对高中生来说是嫌太早了，只是，只是这种没有什么感情的sex岂不是件太沉沦的事吗？

卡洛有张像婴孩洁净的脸，七分侧面时又有些卡露贝克的倔强味。她能与我在任何方面谈得颇拢。一提到小童的话，卡洛不禁又大大地骂了番，我明白她跟我一样在情感方面很有点洁癖，女孩儿是水，男孩儿是泥，我们都不愿意迷迷糊糊地趟浑水。

这一切使我想起了小四。小四有回讲一个乖女孩和一个不乖男孩的事。讲完后，拍拍膝慨叹道：“唉，我原当她是个多贞洁的女孩！”当下我不禁愣住了，我只想反问小四，有没想过那个乖女孩是真喜欢那个不乖男孩的呢？若果是，又该怎么说呢？小四接着又说：“我还是喜欢纯度较高的女孩。”我不禁答道：“你娶个婴孩好了！”小四是个有才气的男孩，他有那种在初识人的短短数分钟内，把对方慑得颇为自卑的功夫，因为他会讲托尔斯泰、杜斯妥也夫斯基、三岛由纪夫，及他们N多的巨书，我是个不读书的懒人，所以我很怕小四。但是我也有瞧不起小四的时候，我瞧不起他成天谈如何在醉梦溪畔温马子，谈完再叹口气：“我还是喜欢纯度……”

陈绣明的事曾经在同学间引起过一番波动。例如卡洛这个从小就立志要读政治的女孩也不禁考虑要改念法律，来狠狠地把每一个犯强奸罪的人都给判个吊刑。我想过这桩事的，像历史老师说的盗窃者剁手，强奸犯则叫他当宦官，这些都不是解决之道。我是说，如果有一天，人们能将遭遇这种事的女孩，看做只是跌了一跤，那么对受害人的心情和未来是否会有些助益？因为就目前看来，即使犯者被判了重刑，还是没法弥补一丝受害人身心的创伤的。就是说，虽然有严重的刑罚，但这就是像平时我们把单车保养得好好的，技术练得纯熟，可是依然有不小心摔着的时候，重要的是，我们就当把受害人视做是骑单车摔了跤，跌破了皮，洗洗双氧水，涂上红汞，再一块 OK 绷，就没事了。

我晓得这样很难，因为 sex 原就不同于人体其他任何一方面的生理，贞操的观念又已经那么根深蒂固了，可如何能使人将这样的受创视做平平呢？

我还是喜欢我的老老中国的洞房花烛夜。那该是红烛烧得整个世界都红通通的，新郎新娘两人隔着老远正襟危坐得抖抖颤颤。那好像真是遥远，凤冠霞帔大红花轿，似乎都理所当然该在外双溪的故宫博物院里头。

小童是个常会令人想念起的男孩，他聪明，又漂亮。但是一回听他讲到如何在舞会完后，以一当十打发走一群小混混们，我看他说得神采飞扬不免插嘴问他，若考不上大学，重考的一年可要如何？小童耸耸肩，潇洒地一笑："跳舞跳一年嘛。"不晓得他是不是因为对正经的事情总也要不正经。但是我一向不喜欢没有志气的人。我自己常常会无端地生起些无名的豪气，想要这样要那样，冷静下来后，想到我的数学，我的不爱读书，赫塞在《车轮下》书中的一句话，"他觉得自己好像是个初恋的青年：实践着伟大英雄的行为，却没有能力履行日常的无聊乏趣的功课。"但是这些丝毫不曾折我一分豪气。因为我以为但凡人只要有志气，不论在世间的眼光来衡量他是得志与否，他都一定会成事的，一定会的。

半夜三点起来K地理。先在冰箱摸弄了半天，实在找不着吃的，就打开明天的便当来吃，顺手拿起沙林杰的《麦田捕手》。我好喜欢这本书，说不上来的，或许一直觉得我一定比任何人都了解荷顿。我记得高二上学期时最喜欢做的事，是每晚穿着件大大的蓝色绒睡衣，盘腿坐在床上弹吉他唱歌，唱唱再缩到被窝里想事情。十一月的明朗星空有东坡的眼睛，月光睡在我脚头，我总抱着沙林杰，或许是打开热热闹闹的《杜月笙传》，看看上海十里洋场的白相人。有时瞪着黑漆漆的夜晚，我想他们必定都在那儿飘着，俯视着我。想到这些，会觉得死生着实本没什么差别的，死了的日子不也很好吗？我可以跟中山先生、拿破仑，和我的很多古人们一起羽扇纶巾，一起煮酒论英雄，不过又想到做鬼的生活未必是那般的闲，可能也有黑社会恶势力什么的，就睡了。

吃完便当，拿起地理课本，一会儿又开始打瞌睡了。以后是不停地疲于奔命于书桌和床铺之间。天亮鸡啼时，正好看了两章地理，真真丢脸。

突然又兴起要到“总统府”前看升旗，可是还是给赶脱了早班车，到的时候，旗已迎风飘飘在空中了。只好拿着地理课本在学校附近荡荡。我最喜欢介寿公园里如海涛一般的蝴蝶树，亮亮翠翠的绿，还有些白石蹲子和红雕栏，不知怎么的总让我想到北海公园，不是实质的，味道吧，都很有些六朝金粉的帝王气象，会想到那个风云际会的五四，热闹新鲜又活泼，真真是一个时代。

摘了一片蝴蝶叶和一朵车棚旁的七里香给橘儿，然后又口齿不清地在讲我的新东西，讲得又急又要笑。橘儿桌上摊着数学笔记静静地听着，也只有她会这般。每回上课我在誊稿，她就一张一张地接去看，中午写迷了心，她就把自己的饭盒拿来给我，我的多半在上午就已陆陆续续地吃光了。我知道橘儿并不以为我的东西有什么了不得之处，而且她常淡淡地泼你N加仑冷水，但是我知道也只有她相信她的好朋友是伟大的。

讲着讲着，小鬼也探过头来插嘴。

“大人的事，小孩管什么管！”我故意凶她，她倒也真的气得脸颊鼓鼓地转回头去。其实小鬼要比我大上一岁，可是只要一看到她的团团脸，一眨一眨地黑眼睛，总就忍不住又要撩她。小鬼是印尼侨生，她是个很有大家风范的女孩，跟她当了半年邻居后，我也深受熏陶学会了好些事，例如该常常洗手，指甲才不会留月牙，裙褶不只是在开学注册时才要有的，头发梳了跟没梳还是有差别的。小鬼对什么事的看法都很健康，我和黄玫在看查泰莱时，她也吵吵闹闹地要插一脚，其实照她这样对 sex 也有很健康态度的女孩，是该由着她的，可是我还是要去凶她："这也好看，小鬼快快长大了再说！"我一向希望自己是个乖乖静静的孩子，但是看了小鬼后又不然，我会更希望自己是个坏孩子，而这世界上有一个小鬼这样的小天使来带我，那种向上的途程必定是种美好。

橘儿问数学读得如何，我尽是一脸笑意，原来悲极生乐也对。橘儿替我算了算数学成绩，这学期的小考没有一回上过四十分，三次月考平均正好是三十分，小虾我看你是补考定了。我听了还是没什么概念，补考和联考一样是桩沾不到我的遥远事。我是管不得这许多的。

数学、地理考得一团糟，不过终归是考完了。小静要赶十二点的对号快回苗栗，橘儿家里有事，老邓、猫咪、小苏更是个个分散。好难过，我一人拖着书包死站在校门口的圆环不走，任凭橘儿百般逗我我亦不理，只觉满腹委屈，怎么我老是常有虽千万人吾往矣的感觉呢？好像生来与什么东西都叛逆不和，好累人的。

在衡阳路上荡，正好碰到匆匆赶路的卡洛。打个招呼，原来她要赶十二点半的《大地震》，不知为什么，卡洛一直给我一种“望道而有与谋”的感觉，或许我们两人碰在一起就爱谈政治，或许她是个老让人不觉要肃然起敬的坚毅O型，总之每一跟她在一起，我总会生出一份责任感，要好好地重新正视自己。此刻我们在看电影上也是“赏心有侣，咏志有知”。

从国宾震得昏头昏脑出来，一抬头，大世界正是《倾国倾城》。我一向不会想去看本土片的，因为只要看点电影介绍里的预告片就够了。本土片几乎用一个字来说就够了，滥！可是我和卡洛互望一眼，两人没一句话就朝戏院走，或许刚从科技文明走出来，想发发思古之幽情。

李翰祥到底还是个有才情的人。有些文章，有些电影，只要看上几句，看上几景，看看作者抓的东西，马上就可以感到作者是不是个有才情的人。就是这样，《倾国倾城》中，我最喜欢的是一开始的时候，文武百官在北京城的晨霭中上朝的一幕，虽说只是短短的一个小吏太监们从榻铺上纷纷起身的镜头，却叫人不禁要吸一口气，这真是一个连没落都没落得很盛壮的朝代啊！

李察昆的电影也都不如何，但是为了《苏丝黄的世界》

的开头，我也要认为他是有些情调的人。《苏丝黄的世界》也是个卖弄东方色彩的电影，可是片头华丽热闹的音乐一响，香港码头里出出进进的船只，真是“多少恨？昨夜梦魂中，还似旧时游上苑，车如流水马如龙，花月正春风！”。我和卡洛同看了两年的电影，一向是她带手帕，而我等在一边取笑她，没想到这回电影一开始，座中泣下谁最多的，竟是……

我曾经听过一男孩说，他们班上在考中国近代史时，曾有人哭着冲出教室，因为他实在写不下去。但是我从来没有这一类的感觉，因为中国是个鲜活热闹的民族，是个政治的民族，再怎样动荡悲戚的时代也都是为“江山代有才人出，各领风骚数百年”。

我和卡洛到“美的”去吃咖喱牛肉面，两人吃着也不说话。店里正流着一首“Laughter in the Rain”，我一直很喜欢这首歌，那碎碎的贝斯鼓声老会让人想到是雨打芭蕉，然后该是一个凉凉绿绿的五月天。小童干干净净走出我的世界。

我和卡洛都高估了对方的荷包，两人站在柜台前面掏空了口袋，正好是just make，可是小费却付不出了，两人正糗糗地站着，经理来说学生算了，我们就称谢走了。

出得门来，街上正是一片艳阳天，我忽然想到瀛台中的光绪帝，想到晨曦中的北京城，那个冷得不见冰雪都知人们正在画九九消寒图的时代。

眨眨眼睛，我觉着累了。西门町是一片 Lobo 的歌声，但是我也曾听过蝉鸣声；中华路上是一片车子的废气，但是我也曾经嗅到过橘红玫瑰的香甜。但是又怎么样呢？青春有时是件累人的事。

楚天千里清秋

被山上的鸟儿们喳呼醒时已经十点多了。吃过早饭打开报纸，不禁吓了一跳，原来今天已是七月一日，十万人的大劫日，我还当今天是六月三十一日，真是过糊涂了。

此刻小三和小童都该在考场吧！小童该是什么模样？咬着牙皱着眉他妈的吗？实在很难想象他这副模样是如何，都只怪他成天跳舞。不知怎么，忽然想到夫妻本是同林鸟，大难来时各自飞，想着想着不禁笑起来了。

明年的这一日这一刻我该是如何呢？……不知道啊。或许还没有资格进考场吧，因为橘儿N次警告我，补考只有两回，过不了的话就请小虾省一年的书钱。我是不愿留级的，没有橘儿、小静、小苏、猫咪、邓的日子，可怎么打发？

后院的金盏花和虎皮菊开了，在阳光中迎风招摇着，让我想到《齐瓦哥医生》里瓦里奇诺的夏日，我也学奥玛雪瑞夫一般弯下身在田亩中除草，或摸摸泥土，然后是二弦琴哗啦啦地响起。我摘了朵金盏夹在信里寄去苗栗向小静问安，带给她几许西伯利亚初夏的阳光。

金盏和虎皮菊是我种了两三个月才正式开将起来的，其中包括很多次被家中的巴游们——刚长牙的小狗们连根扯掉的。花种则是我一次一次地在“总统府”前的圆花坛里采来的。一回我正小心翼翼地采着，远远隔着马路有个“宪兵”朝我哔哔吹哨子，我圈起手掌急着大声向他解释，我只采种子不采花，他好像也没听清，只挥了挥手，我向他喊声再见就走。以后放学后，这都成了我们的例行公事，他看到我就会故意吹几响哨子，我则会想起又该播一次种了，采足了花种再喊声再见。

很多星期以后，对面的“宪兵”不再对我吹哨子了，我想那可能不是他了，虽然他们看起来都是跟“总统府”附近的卫兵一个样子，高高个儿，短短的长裤，露出崭亮的短靴。我甚至连他的面孔都不知道。但是我亦不惆怅，看到花儿开得这么好时，我要向天父多为一个军人祝福。

下午橘儿电话急召，要我到南昌街去找家补习班弄数学。因为这会儿东南亚在演《拿破仑情史》，而我又答应过要请橘儿的，就在这炎炎午日顶着日头跑出来。

这电影看着已是第四次了，我却不厌，也不知到底想在其中看得什么、听得什么，或许就跟看第三次时一样，闭着眼。听！他们在奏《马赛曲》。

出得电影院，两人都浮浮地不说话，尽在红砖路上荡，荡荡又恨起南昌街的事儿来。

两人荡到台大的傅钟旁坐下。记得曾经有一个台大地质研究所的男孩告诉我，以前他在高中时，他也爱成天骑单车往台大逛，后来他听人说，人都有一定的运，你天生注定该在这地方待多久，就只能待多久，所以若成天往这儿跑，会提早把该待在这儿的时日跑完，将来无论如何都进不来。我想这多半是他要劝我别成天东逛西荡的一种方法吧，可是我管不得这么多。

今天实在是个丧气的日子。我和橘儿无聊地依在树干上。福利社不开门，没有霜淇淋，橄榄树没有结橄榄。和橘儿在一起时最喜欢做这些事，一手拿一个霜淇淋，在大风中走着吃，又忙又要笑，狼狈得好过瘾。青橄榄则是只有我一人敢吃。新公园有棵橄榄树，冬末春初时会结实累累落得一地，橘儿不喜欢那硬硬涩涩的味道，但她总陪我一个黄昏又一个黄昏地坐在树下等，常常冷风灌得我们张不了口，但是我们还是等，把我的书包和肚子填得鼓鼓时。我常笑我们两人很坚毅地坐在树下愣等那种模样是“等待果陀”(Waiting for God)。我和橘儿两人一向爱胡诌。

今天校园里尽是些陪考的人们，我和橘儿一会儿又荡出去，荡到校园书房去买笔记本。看了手中这些打开一页页都是雪白空旷的本子，好生又有一股大志。今晚回去我可要好好地订一个计划，这是个长长蓝天的夏日，然而我不打算上梨山去替叔叔打工摘苹果了，我要到书堆里去，橘儿说好呀。大约今天是太热了，我们也没发誓。

晚上家中高朋满座，大都是爸爸的学生，为的是要送兔子回金门，兔子是个不爱说话高高个儿的大男孩，被人逗急了时还会脸红，但是他也喝酒，也醉，醉了则一个人坐在角落里喃喃自语，笑笑的，像他思乡的散文一样叫人怅怅然。

我从小就怕热闹，现在也依然，因为热闹之后必有冷清，它们格外地会令我感到人生如梦。就像去年的中秋，今晚的原班人马都到爸爸的一个学生家去玩，大伙儿喝醉了笑醉了，就上公墓山去，上到白崇禧将军的墓前去听秋坟鬼唱诗。后来大伙儿再转移阵地到我们家，三更半夜我们却一路吆喝回家，沿路都是坟墓，但是从来没有一回像那晚一样，叫人直想写诗。满天都是汉唐的秋香色，月亮近得我是嫦娥。回得家后，点点饥，再几声谈笑，一会儿大伙儿就东倒西歪了，看着狼藉的屋子，真是荒凉得恐怖。

我怕富贵荣华原一梦，更怕仍爱此梦太分明。

早上起来，阳光艳艳，山上的树木摇得起劲，正是陶陶孟夏兮，草木莽莽。

看到妈妈一人在厨房里忙，我又不禁做那好久没做的事，门里门外地跟着妈妈打转，两人同时抢话说，谁也没听谁。

趴在灶台上与妈妈聊天的时日好像是好久以前的事了。

长大以后，我爱叛逆，便是与妈妈都这般。偏偏我又遗传了妈妈的火爆性子，急起来时，我竟会说："哎呀，你可是跟我讲讲理啊！"气得妈妈摔下锅铲哭着找爸爸告状去，我还不识相地追着去："你看嘛，你看嘛！"但是最爱妈妈的也是我，我常注意台北市哪家西点店的泡福最好吃，妈妈顶爱泡福的。我们还一起坐在阳光的树下替小狗小猫抓跳蚤，岁月真是悠长。

妈妈有时比我们还小，看她比手画脚急着笑着与我说话，真真是幼稚！她会一边剁着肉一边唱《轻骑兵》，炒菜时再换个拍子慢些的歌。她会说："今天啊，我跟奴奴、单单三个人坐在山上唱了一下午的歌。"奴奴和单单是家里最受宠爱的两只狗。

此刻我看妈妈正兴高采烈地说下星期要去台中赛软网的事，我不禁也兴致勃勃地插一句："下个月我要补考数学哪。"妈妈仍兴致致地继续她的话，娃娃脸红扑扑的。我晓得妈妈对我们的学业一向没什么概念，她若能记得清三个孩子各在读几年级就很不错了。妈妈在新竹女中玩了六年，大学联考因为数学零分而没能进得了大学，我常拿这做把柄为自己的数学找借口，此时我仍不减兴，兴致致地再添一句："补考不过可要留级。""啊！"总算有些反应了。"还没有啦，是补考。""哈，那就好。"妈妈松了一口气，接下去唱着《茶花女》中的《饮酒歌》。

看看妈妈，看着看着不禁笑起来了。想到《史记·张仪列传》中的张仪。张仪被楚相诬以盗璧之名而挨了一顿笞，回得家中，被他的妻子怨道："嘻！子毋读书游说，安得此辱乎？"但是张仪谓其妻："视吾舌尚在不？"其妻笑曰："舌在也。"仪曰："足矣。"张仪的妻子是深深宠爱她的丈夫的，而司马子长是个极有闲情的人。此刻我也笑起来了，高高兴兴地上着楼梯，觉着自己可似那张仪。总有一些东西留着，总有一些东西留着值得我笑着过日子的。

下午忽然苦苦思索起我的前途来了，正想得累，宜阳和小瀚来。我连忙搬张小板凳和他们在柳树下聊将起来。

小瀚和宜阳是我最要好的男孩朋友。他们在我为乔最痛苦时把我拉起来，他们是我新世界里的第一个朋友，所以跟他们在一起就像坐在春天里。

小瀚说我脸色苍白多了，他原是个较细心的男孩，虽然宜阳跟他一样也是O型，但是每每三人一块儿，收拾烂摊子的总是小瀚，只怪他老有一副严肃的面孔。可是我亦喜欢两手托着腮等看他的笑，他笑起来眉毛扬着，是小男孩K弹珠赢了的神情。

我有人来疯，顺口说这脸白是害了肝炎，害得他们两个急着直告诉我治肝病的法子，谁叫他们都是缺乏幽默感的O型人呢。小童也是O型，他则不按规矩来，一回他抚着下巴邪门地说："你的脸蛋儿是红梨子。"我顾不得他的轻薄，急急问可有红梨子这种东西，我只听过人家用红苹果形容的。小童说："你的脸颊上有雀斑呢。"

认识宜阳和小瀚，才知道男孩们原都有一肚子的道理。他们纵使看了篇短短小小的杂文，都能口齿清晰地讲出一番心得，洋洋洒洒地写篇评论。我却糟了，看了一本好书，我只能跟金圣叹一样叫声好，其余则是激动得说些没人懂得的话。

刚认识小四那票人时感觉又不同，我忽然自卑起来，终宵抱着小四借与我的《厚黑学》和小小字的《卡拉马佐夫兄弟们》。说着话，我也要学学些学院派的用语。假日的时候，则翻出爸爸书柜里的沙特、卡夫卡、贝克特，看得头昏脑胀。直到卡缪的《黑死病》看到一半时，忽然想到我写文章原可以胜得过他们的呀。白先勇的小说原是我爱的，但那是高中前就已经扬弃了的。琼瑶小说我原也读的，但那是小学四年级时就也扬弃了的呀。有些东西，我该狠狠地丢弃。爷爷说登山，你只要知道世界上有一座最好最高的山，那么纵使周围都是小丘陵，也可怡性。我懂得的，如今我还不知道那大山，所以我不当如此早就耽游在小丘陵中。我自有一番打算。

聊聊三人又谈到了功课。小瀚和宜阳因为整个高二都在忙着编校刊，所以功课也破破烂烂，不过这个夏天他们已找定了补习老师。我也凑热闹讲数学补考，讲着讲着自己先无来由地笑起来。小瀚又严肃了，偏着头，皱皱眉："我看你还是该读点数学的。”当下我答好呀，大约太爽快了，他们没得话劝，三人又没话说了。

好半天还是宜阳先开口，这回他讲的是雪雪的事。宜阳最爱说三件事，他的故乡宜兰、诗音乐和雪雪。雪雪曾经是他很爱的一个女孩，也是猫咪初中时的好朋友，我曾经匆匆地见过她，在淡海，很可爱的，是个小香坠儿型的女娃娃。宜阳常常浪漫得比我还B型，弄得我和小瀚两人糗糗的，不知该如何接话。今天约莫天空很蓝，听着听着我也不禁进入情况伤心起来。感情是桩大人的事吗？宜阳讲着雪雪的时候，我都不认得了。他大概是个大人，我不认识的。

宜阳有写诗的才情，他会写令我畏惧的现代诗。小瀚则写小说，但我更加喜欢他的散文，看着每觉得是秋天了。乔说过秋天是蓝色的，她的朋友小虾则说秋天是灰色的，体育场的灰，或许有夹杂些橘红，网球场三合土的橘红，阳明山枫林道上的枫红，再添一点点，稻垣的笑。小瀚的散文总有添上那么一些稻垣的笑，让我眼睛热热的直想哭。小瀚是个有才气的男孩，然而他看起来是冷情的，秋天的时候，我想与他说，小瀚，让我做你的好伙伴，跟你一起在彩带上奔驰，一起做飞月逝光少年梦好吗？可是我很怕他，而且认识宜阳和小瀚才不过一个春天和夏天。

高二下学期来的每个月末的星期一，我总不自觉地会早早荡回家，因为小瀚宜阳总会在这一天来，也许唱一晚上的歌，也许扯一晚上有颜色的笑话，或许他们辩论辩得把我从瞌睡中闹醒，都没关系的，我就爱乖乖地坐着看我的好朋友们生活。

今天宜阳烟抽多了，只好由我拿出吉他来唱些小品歌，看着晚霞的时候，我会弹“Tom Dooley”，想，那该是如何一种心境，如何一个时代？……这些我都不管了。我只要看着夕阳中的宜阳和小瀚，再唱一首歌：

蓝蓝天空银河里，
有只小白船，
船上有棵桂花树，
白兔在游玩。
桨儿，桨儿看不见，
船上也没帆，
飘呀，飘呀，
飘向西天。

我和乔曾经躺在草地上唱过这首歌的。乔指着天边晚霞，那是艘通红的两洞六，小虾则记得，那抹金黄是上甲板，那片瓷蓝是坦克舱。飘呀，飘呀，飘向西天。

爷爷说，孩子的时候，坐在阴凉的屋子里，看下午的阳光落在柴门上，白白昏昏的，真是永恒。我的则是带着奴奴、单单、毛毛、冬冬、小豹、泥鳅、娃娃坐在阳光的山头上丢石子。

我一直高兴我的童年是在眷村里度过的，那是纱门一刻不停砰砰地响，正午小火车道上的黏土战，让人昏昏欲睡的喧天蝉声，所以我一直喜欢《梅冈城故事》，想到那夏日南方寂静慵懒的小镇街道，我是倔强好奇的丝葛，而小三是那处处护我的哥哥吉姆。我也爱李冰的《磨房往事》，林海音的《城南旧事》和爸爸的《哭之过程》。每天清晨我都要揣着一片吐司面包到后院的小花砖墙去与蚂蚁打交道，我把面包撕得碎碎的洒一地，看他们头上须须快速地舞着，我也与他们一齐开心地笑起来。有时看得累，就帮他们搬，想着我也能跟天父一般伟大呢。林海音穿着厚棉裤蹲在冬日庭院中，看丑丑的骆驼们慢吞吞嚼干草，那是永恒。《哭之过程》则让我要吸吸被冻酸的鼻子，缩着颈子，搓搓手，天地真是一片凄迷，有青石板路的光滑，有西伯利亚初秋的萧索。

运气好的时候，可以找到一节结实的好树干，一个撑跳上得树，我爱迎空荡着脚，我和我亲爱的吉姆哥哥住在那高高树屋上，我从来不愁夏日会如何瞌睡走，毛毛虫可以喊醒我，或是奴奴在吠小蟋蟀。

高一刚开始时，我们尚不太清楚学校的势力范围有多大，成天尽拣省事的泡东方书局，看第 N 次的亚森罗苹、福尔摩斯。隔壁的老大昌在两点半时会出一炉热牛角面包，我们总当第一个顾客，一人吃上两三个，边吃边看《布列塔尼半岛上的奇岩城》。后来上地理读法国读到牧草丰美、盛产肉牛的布列塔尼半岛，我老拧不过来，那里该是个丰富热闹盛产热法国面包的地方呀，橘儿也称是。那种日子真真永恒。

又高一美术课上课外写生。我和橘儿、小静、邓写生到公园号、老大昌去了。四人并肩坐在暖暖冬阳的新公园里，不知什么名目的紫色小花落得一地，人像在做梦，我们是在北京城里，而那缤纷的小紫花是马蹄达达青石路上的马缨花。

那日我们四个都带张白纸回学校，肚里灌满了酸梅汤牛角面包冬风。我们心中自有一幅绮丽不朽的画。

一觉起来，四周都静静的，我连忙楼上楼下地跑一遭，没一个人影儿，阳光艳艳，我却要打起寒颤来，想李伯大梦的事。我怕黑，怕得一塌糊涂，可是更怕光天化日下的空房子，那才是虚幻。

高二上，一回我一个人看了晚场电影回家，是冬夜冷冷绵绵的细雨。按了半天铃也没人应门，我想爸爸、妈妈、妹妹是去国艺中心看平剧了，可是等到十二点时又觉得不对了，约莫他们已经不知怎的死在门的那一边的家里了，然后十七年亲亲爱爱的生活不过春梦一场，我想或许我会跟着自杀，多年以后，人们会像谈一颗耀眼的彗星一样提起我们的家庭，我坐在湿湿的门廊上嘤嘤地哭着叫奴奴，奴奴也隔着门在院子里抓着地应我。我哭着要问天父，我这孤儿和奴奴、单单、冬冬、小豹们可要怎么办。一直哭到爸爸、妈妈坐的计程车停在我的跟前，车灯亮得我张不开，我才闭着眼睛笑着大声哭起来。

这会儿我赶忙把在院子里晒着太阳的猫儿、狗儿都喊进屋来，与我一起坐在沙发上，这才安心了些。打开报纸，才知道今天是高中联考的日子，爸爸、妈妈、姊姊大约是都陪妹妹考试去了。此刻我要快快祈祷，愿天父让妹妹能按着自己的实力得成绩。不过想想又觉不妥，若真按她的实力，怕前三个学校都上不了，还是再祈祷天父让她幸运几分罢。

中午自己正在弄吃的，接到阿哥的电话，他这会儿休假到了台北，晚上有朋友为他开舞会，他要请他的小朋友小虾去当舞伴。阿哥是去年参加海上战斗营时认识的，他有着高高个儿，漂亮的风度，金丝眼镜，一副玩家的样子，可是他活得很真实，而且也是眷村长大的孩子，我不免也随人叫起他阿哥了。他懂人事，却又不老，他很成熟，却也有小男孩的幼稚。清晨船开时，他用麦管折了个小星星给我，我们站在船尾看海。出得港后，才发现海水并不像人们所描述那般蓝，它是浓浓重重的铁灰色，只有船刚过的地方，才被刮起一片翠绿。阿哥谈起琼瑶正在连载中的小说《浪花》，老天那真是个叫人没法忍受的话题，但是由浪漫的阿哥说来竟然也能叫人正起容来听。听着听着我还是忍不住刺他一句，阿哥也不在意，慢条斯理地耸耸肩：“反正我会长大的！”真是不负责任又真切的话。他比我要大上三四岁，但是这会儿我却像个姊姊在照管顽劣小儿了。

我很斩钉截铁地拒绝参加舞会，也不知道这么坚决是为哪般。或许是联想到 K 了吧。K 也是在海上认识的，因为船上六天他总穿件有个大 K 字的运动衫，我和乔就这样称他。去年夏天，和乔糊里糊涂地上了两洞六后，才知道那一期学员除了我们两个是北部人外，其他全是来自中南部的，因此自然他们总有些好奇地问我们些事情。一回我正倚在船栏边看黄昏，K 走过来劈头就问：“听说你们北部女孩都很开。”知道他也是山东人，我不免柔声答道：“怎么说？”“听说你们有很多女孩都是大着肚子上学的！”看他说得这样理直气壮，我的信心都减了几分：“这样啊？我想该没有吧，就我所知道的是没有。”他偏偏头：“你别诳我，我才不信呢。”他说得如此果决，我不禁目瞪口呆着了忙了，好像忽然全北部女孩贞洁与否的责任都落到我身上了，我想我该恶狠狠地辩明的，可是夕阳被海水映得晕晕的，天边微微绯红，有些晚霞影子，我就摇摇晃晃地走过甲板回舱去了。

此刻我想再振振我一年前的责任感，准备与阿哥大大地讲述些道理，阿哥只淡淡地笑了笑，抢过话：“我知道你们功课忙，没关系的，改天你联考完，长大了，再陪阿哥好了。”

放下电话，怅怅然，不知是不是为了没发挥自己的意见。想想又觉得自己好好玩，不参加舞会就是乖、就是贞洁吗？是吗？……这些都是想着累人的事，我且不管了，只想想阿哥在每封信信尾的话，祝小虾顽皮！

一早从梦中醒来，惶惶的，好不可怕。我是一个穿着破烂歪戴法国帽的流浪小顽童，置身在一个地方，我想是法国吧，米勒《拾穗》画中的那种温暖色里，不过不是金黄色，而是橘红，一迳的橘红，茂盛树木是红色，土地农舍是红色，那天空也是一片通红。我立在小十字路上，不知该何去何从。后来有地主追赶来，因为我摘他们野地上的黑莓吃，我拔腿没命地跑着，飞快地跳过好多的红色灌木，像只羚羊一样。最后跑到一片葱绿的大路边，看到海和亮丽的阳光，就醒了。

早上与爸爸、妈妈、姊姊去做礼拜，寇世远长老讲“免于犯罪的真自由”，听听再唱圣诗，唱的是《大山可以挪开》，我们唱道：

大山可以挪开，小山可迁移，
但神对人大爱，永远不更易；
他使过犯离我，远似东离西，
他将慈爱临我，高如天离地。
被压伤的芦苇，他总不折断，

将残灭的灯火，他总不吹熄；
天上飞的麻雀，一个不忘记，
野地生的小花，妆饰多美丽。
日头照耀好人，也照耀歹人，
降雨赐给义人，也给不义人；
这爱长阔高深，一视皆同仁，
但愿万人得救，不忍一沉沦。

听着唱着我不禁抬起头来对天父笑……我总算回来了。

很小的时候，我从一本书上学了好些各国各地的咒语，有事没事总是念着玩玩。到后来只记得一句，是西藏的，这样念，克姆马尼巴多灭弗姆。遇到麻烦事情，我就念它个三遍，此时天父成了西藏人了，穿袭露着一个肩头的长袍褂，还是络腮长胡须，他站在高高大风的青康藏高原上，也不怕冷，我与他讲着西藏话呢。

高一第一次郊游时，认识了珊瑚，他是一个很标准的现代青年，长得很像胡适之，稳稳的，很好看的。他与我谈宗教，谈到耶稣的诞生，当下我才发觉自己这一向竟是如此的幼稚，竟然在相信那么一个看不见也说不出理的东西，那么不合乎科学啊，我跟乡下庙里成天敬香跪拜的乡夫愚妇有什么不同呢？我不禁讷讷地加了句："你知道，我虽是基督徒，但我是只明了那个道理，不去太信的。"当下珊瑚称是，我才安心，不怕他笑我落伍了。

初中时，正是情绪最莫名其妙的青春期，我成天就在日记上批判爸爸妈妈，当着面也要处处冲犯他们，看了他们伤心我也伤心。同样的，两年来，我也日日批判天父，猫咪的话对我是刀枪不入的，她气极没话时我也难过。但是每晚熄掉床头灯时，我仍拉上被单与天父道晚安。一夜我突然诧笑起来，天父我的父！他是一身白袍留着落腮胡，拿根拐杖正坐在木栅栏上望着我哪，我远远地从草原这端向他飞奔过去。

后来我写了篇小说，关于天父的一个孩儿，他自认为是孤独漂泊的，他不知道天父一直在守着他，可是有一天他也跟小虾一样诧笑起来。如此写了《方舟上的日子》。方舟上的日子是动荡不定，是孤独的，但是天父与他们同行。而终有一天，鸽子会衔回一片翠绿的橄榄嫩叶，挪亚爹爹说，我们着陆了！然后天父对我们说："你们要生养众多，遍满了地，在地上昌盛繁茂。"天父与我们立虹为永约之记。但是珊瑚没看过虹，很多人们也没看过，他们只相信自己看过的东西，他们知道自己也是天父的孩儿。这我是要好好地为他们祈祷的。

一早起来，一片金色的阳光，我就兴致致地跑到南昌街上找补习班。我按着橘儿跟我讲过的几个老师找，发觉不是功课太重就是太贵了。我对补习这些事一直没什么概念，这会儿只好在街上荡起来。一会儿看见一个蒋老师的家教班，我知道小静在那儿补过，但凡小静做的事都是好的，我就上楼去。一看蒋老师就决定补了，也不管他在一旁讲着些细节。他长得像小三，像儿时老在一角守着我的小三，就是补习数学这桩事，我亦需要小三这个男孩的安定感。

晚上院子里的昙花开了，香蓬蓬的五朵。我和爸爸索了把手电筒去欣赏。真是月下美人啊！每朵都各有各的姿，看看她们已是千年岁月了，而我和爸爸啜口酒，我们约是在宋代吧，东坡在吟，起舞弄清影，何似在人间。

我对昙花有很深的印象，很小的时候，我住在外公家，半夜里被外婆从床上喊醒，瞌睡懵懂地由外婆摆布着穿上件小背心，然后踉踉跄跄地下得楼去池边的花棚下看昙花。外公多半已经拿着手电筒在那儿等了老久，此时他会用少见的温柔语调告诉我昙花的种种。我总战战兢兢地听着，看到那与我头般大的花儿，也不禁要清醒起来，端然地立着。

外公是个典型的美国西部拓荒的创业男人，他在家中开了医院，他对病人是凶暴出了名的，镇上没有一个人不怕他。可是他对外婆则不然，外婆是从小孩到做妇人时都没吃过一点苦的小姐，所以至今外公还叫她 girl，但是外婆也禁得起叫，她有着薄薄红红的唇，尖尖的下巴，她的衣服比我的小衫裙都要花哨。清晨起床我陪她在园中看露珠，她问我："阿心喜欢妈妈家还是阿婆家？" 我眼睛一转，答道当然是外婆家。外婆总是笑眯了眼地喊我一声小人精，然后带我到楼上的卧室，柜子里有好多吃不尽的糕饼呢。外婆老当着众人数说小人说多精就有多精，我这才发现大人们明知道受骗时仍会傻哈哈地笑。

我才刚学着要说话时，妹妹就又赶来了。才二十四岁的妈妈一时照顾不了我们三个，就把我送到外公家，所以才刚学会的几句简单国语就夭折了。我跟外公家的佣人阿兰学客家话，与她一块儿坐在灶下唱起客家儿歌，炉火总熏迷了我的眼睛，阿兰多雀斑的脸蛋则被映得通红。

我是外婆这一大家唯一的一个第三代，所以大家都拿我这小人当玩具了。他们叫我蜘蛛心，因为我的两只眼睛骨碌碌的，圆圆的。又因为我走路总是张着四肢晃呀晃的，我不穿拖板，个儿又小，人家还没看到我，我就不声不响地出现了，就像是走在墙上的蜘蛛那样。外婆问我想不想回妈妈家，我摇头，然后外婆把她颈上戴着的七彩玻璃珠项链挂在我身上，我个子小，珠串一到我身上就垂地了。我爱穿着拖板上楼梯，上一步，珠子就拖拉在地上，我的小拖板总把它们踩得咯吱咯吱响，我爱看它们碎得更七彩，外婆也不管我，她什么都由着我。有时我玩了一天，累了，浑身黑漆墨黑地坐在小门廊下打瞌睡，外婆就唤我小野鬼，然后顾不得肮脏地搂着我坐在藤椅上，拍着扇子哄我，告诉我，我没有爸爸妈妈的，我是那高高山上的大石头里爆出来的。我听了自己的身世也不担心，只管瞌睡懵懂地静静听着，厨房灶里烧木柴的火劈叭地响，麻雀在黄昏的屋檐下聒噪着叫，我听到外公牵着狼狗莎莎走过花园小碎石子路的声音，我从外婆怀中仰起脸来对她说："莎莎。"

阿兰最是爱晚上抱我出去串门子，从长长的镇这一头到那一头。外公家在镇上是望族，我又乖，人们就爱摆布我，叫我笑给他们看，我颊上有个浅浅的酒窝。他们最爱的还是问我："伊是哪儿人？"我总习惯地答道："长衫仔。"然后他们哄笑成一堆，灯火昏昏，夜晚真是悠远不尽。

阿兰是什么人都要去看，她带我到病重的人的房间，那真是个不见天日的地方，墙角的尿桶骚得熏人，妇人躺在黑漆漆的老眠床上絮絮地与阿兰讲话，阿兰总哭得稀里糊涂，摇着头："冤枉呀，冤枉。"我常疲倦地打着呵欠，泪水模糊中的那些无尽的黑夜真是寂静怪异，而我是小舅舅送我的圣诞卡上光着身子的小天使，戴着个小光圈，展着翅膀在空中，高高的，看老眠床上无尽的死死生生。

一直到妹妹会走路了，我才回我们家，学国语学得好吃力，我歪着头看正在对镜子梳头的妈妈说："妈咪你的头发好乌呀。"妈妈笑着纠正我，我则羞得躲到大衣柜后头去。

以后进了小学，老师选我当班长，我是很凶狠的，成天拿根竹子打男生，他们也怕我，放学回家我坐在广场上等交通车接爸爸，我向爸爸说："画小ㄌㄣ（台湾注音，lén）。"我的门牙在床铺底下，说着话总是漏风，但是我写在国语簿上时总写得很好，我这样写，ㄒㄧㄠˇㄖㄣˊ（台湾注音，xiǎo rén）。吃过夜饭后，爸爸就在小黑板上画小人，我和妈妈、姊姊和小妹妹都排排坐在小板凳上笑疯了。小人是由一个圆圈圈和五根直线组成的，会做各种动作，小人会抓痒，会跳舞，会巴巴，会与女小人亲嘴嘴。

昙花开的时候，岁月变得好悠远，爸爸啜口酒，头发银白银白的。那个多雨的夏日午后，我和爸爸蹲在小水沟边放纸船，那时爸爸有一头墨黑墨黑的头发，然而我是一直相信，小纸船终会开进那浩浩瀚瀚无边的大海洋去的。

今天学校开始上辅导课了，也是我做班长新官上任的第一天。

早上起晚了，匆匆走过介寿公园，想，那种"怎么这一辈子都没得好觉睡！"的日子又要开始了。可是背着书包，拖着老皮鞋大步走在蝉声喧天的介寿路上的日子还是好的。

还没进校门，就看见橘儿远远地等在那儿，歪着头邪邪地笑着，一副促狭的模样，看看也约莫知道些端倪了。果然学校公布了补考名单，有某人的大名在上头，看着看着自己也要来笑上一笑，进了学校两年，名字还没上过什么公布栏，这样也好，出名要趁早呀！张爱玲语。

有个好消息，小静转回社会组了，而且又回到班上来了。

我和橘儿两人兴奋得什么似的，两地相思的日子可以结束了，我们都爱三人行的日子。

开始上课的第一天，什么都没安顿好，我们临时跟平班凑在同一间教室上数学课。数学先生是学校有名的老资格，出言的确不凡，这会儿他人在讲台上分析这次大专联考的数学试题，大家又挤又伸着脖子凝神听，我没有座位，一人站在后头，细细打量这屋里头的一个个人，竟觉得自己真是个局外人了，就是我熟知的橘儿、小静、卡洛、猫咪、邓看起来都不认识了，或许她们全都真是高三学生了，而面对我的可能是补考……留级……我只是个未定数。不鸣则已，一鸣惊人，我并不很欣赏这种人，这种人会让人觉得阴险又小器，可是我喜欢世上最好的东西，我喜欢做世上最好的人。此刻我是班上的班长，然而我所想到的是，我也是班上的最后一名，不一定过几天她们还得重新再选个班长。

中午下了课又到学校后头吃冰，依然到那家可以任意在冰上浇好多“红红的”的冰店。半个月没见了，大家都好像神色依旧，小鬼说我邋里邋遢的，一副高三学生的样子，我朝她咧嘴笑了笑，天空蓝蓝，我最喜欢的天气，我们一群十七岁女孩坐在这艳阳天的凉凉阴影里。我又捏着冰玩将起来，不管邓又要说我发疯了。今天本是没风的。我总记得去年冬天的埔心露营，我和橘儿、小静冻了一夜，第二天中午三人各裹条军毯跑到山坡上的草地上躺着晒太阳。我们把大衣帽子拉到眼睛上，身上暖酥酥的，营地的扩音机正播着懒懒的情调音乐，附近有男孩女孩嬉笑玩闹的声音，此刻我觉得一睁开眼，就会看到迎风招摇的大王椰，橘儿在毛毯下梦呓一般地喃喃道，你看我们像不像在夏威夷的威奇奇海滩上。啊！青春真是无限静好。

下午去南昌街补习。这是平生第一遭，我又刚看过一篇关于补习班内幕的文章，所以在楼梯口直咽了好半天的口水。

一进教室，正在考试中的同学都纷纷抬起头来，此刻真觉得身上的制服好重。我已经晚了几次，他们约是在考上周讲的。蒋老师递了张考卷给我，看看真呆住了，一个个六边形，然后是一堆堆符号，我想约莫是这学期常常听到的赛因扣赛因罢。正糗着，却瞥见蒋老师站定在我跟前，似乎要等着看我表演，我晓得的，穿上这身制服的女孩都当是出手不凡，此刻我也只好硬着头皮夸张地打开书包，拿出铅笔盒，打开，准备好了红笔蓝笔，关上，再找把尺，几张计算纸，是一副准备大显身手的模样，自己都暗自好笑。磨了半天，从考卷头打量到卷尾，再从卷尾回溯到卷首，依然是下不了手，蒋老师也依然站在我跟前，不过这会儿他发话了："哟，我们的新同学怎么一题都不会呀！"哎呀！君子不以小道试之，君子不以小道试之……念着念着，脸颊还是火辣辣地滚烫起来了。

三个半钟头，却也一点都不觉得长，原来赛因扣赛因也不是个如何了不得的家伙。进补习班的时候，艳阳高照，出来时也一样，只是天候凉得多，马路上将干未干的，约是刚刚下过一场大雨吧。有点恍如隔世的感觉呢，但是此刻心中却满满的。

爸爸去清大带这一期的暑期文艺营了，又留妈妈一人独守空闺。吃过晚饭，拿起吉他和妹妹很有默契地先从圣诗唱起，唱完了，两人就捏起嗓子，鬼腔鬼调地吼着热门音乐，让妈妈一人笑倒在沙发上：“讨厌……讨厌……”有时妈妈真像我们的小妹妹。

我爱爸爸妈妈都在时的家，但是我也爱爸爸不在时的家，那会让我觉得自己是个男孩儿，一只手顶着家，一只手安顿好家中的事情，再逗妈妈笑，笑得跟爸爸在家时一样的快乐。

我总很喜欢家庭中的老二，不光是因为偏爱《小妇人》书中的老二，乔。而更重要的，老二是个古怪聪明的家伙，他顶会骂人发脾气，但是最护家的也是他，他会在冷冷清清的星期日下午，一人坐在寂静的屋中发誓，我要一辈子守住这个家，我要让家中的每一个人都过得好好的。虽然他也有自怜的时候，世上没有人了解我的用心，世界何其大，但没有我可容身之处。他会哭，然后擦干眼泪，自觉像个悲剧的英雄。

想想去年这时候我最大的心愿是什么？……戴大草帽骑单车，穿大圆裙跳卡罗索。现在呢？大伙儿一起去士林大吃一顿，动物园逛逛，再走长长的中山北路，看我们的绿枫树，在满天通红的晚霞里。跟姊姊说，她答，你返璞归真了。想了好久好久，真的吗？真的吗？

放学坐欣欣26，车过罗斯福路，又想到小童，奇怪每次经过这儿，总就会想到他，会在路边每一个行人身上找他的影子。可是公馆一过，就什么都没有了。夏天才刚刚开始呀！怎么我却觉得什么都没了呢？是不是因为这个夏天我要只想数学补考，只想考大学，不去梨山帮叔叔摘苹果了。我是最喜欢夏天的，夏天是个叫人纵情的时候，可是乔、猫咪，却愈来愈模糊了，虽然我依然天天在光复楼看见她们，但是总不一样，不一样了。

中午放学的时候，鬼使神差地和猫咪走一起。走出光复楼，看到嫩绿的树正在风中哗哗地刷着阳光，我指给猫咪看，猫咪说："我看过了，这树一年是要落两次叶子的。"猫咪，我多想哭呀！我以为你永远不会再去注意窗外的世界，我们的树、我们的天空、我们的"往日情怀"窗口，可是转过头去看看你，你还是那种理智冷静得叫人不敢唐突的样子。你发觉我在看你，就扬起睫毛问我："你……你的补考准备得怎样？"猫咪，不管怎么样，我永远不忘记这时你大大褐色的眼睛曾在阳光中闪过一丝什么，但是我一定守信，我会努力快快长大，可是有时请你们等等我，等等我，在我没能长大前，请待我像个你幼稚可怜的小妹妹，我怕黑，更怕陌生冷然的世界。猫咪。

天阴阴的，起晚了，狠狠心，做个阿尔萨斯的小男童，《最后一课》里那个爱阳光不爱背动静词的逃学男孩。

先背着书包在中山南路上小荡一番，想起早饭还没吃，就荡到店里买面包。找钱的时候，乍一看到橱窗里拿破仑派上映着的自己的黄学号，不禁吓了一大跳，高二冬天的日子好像又回来了。那阵子不知怎么的，常常下意识就爱磨，一早从暖被窝到刷牙洗脸到车站，已经八九点了，怕妈妈知道我逃学，就只好硬着头皮在外头荡。荡荡人也迷糊了，功课不管了不说，别的书也不想看了，家也不回，只是一遍又一遍地街上荡，看到橱窗里自己的影子又恨，可是真的不知道要怎么才好……每天浑噩地活着，我真恨生活！然而看起来我依然活得怡然自得。总得改变一下，总得。

下午一人抱着史努比看传记文学。看着累了，就看电视上做蛋糕，戚风蛋糕，要用很多鸡蛋，只要蛋清不要蛋黄。是那种冷清的下午，我最怕的。

一向讨厌自怜的人，可是最近自己有些这个倾向了，真是叫人不能忍受！常常一人胡想，愈想愈觉着委屈，很多事，然后会哭呢，哭，哭，哭，真不知中了什么邪。

傍晚，带着狗儿们上后山丘上看晚霞，看看却刮起了温吞风，五月天里老催人打瞌睡的温吞风，夏天过了的呀！好不可怕。

愈来愈怕人了，怕和我成天嬉笑如常的人是说我虚伪的人。午夜梦回，怕我生在一个吃人的世界，怎么身边的朋友都不见了呢？真是件荒凉的事！

胃又痛了。趴在床上紧紧地压着，大概是这几天中饭没正经吃，尽吃冰，胃癌怎么好？……也没关系，那会死得跟我亲亲爱爱的拿破仑一样。

晚上正躺在床上睡昏死，宜阳和小瀚来了。“高三”了，大家都无精打采多了。聊聊一晚上，我问起毛毛，听说毛毛也要开始备战了，毛毛也是我们的好朋友，他写得一手松松散散叫人迷惘的好小说，可是读的是一点儿都不像他该读的甲组。

每回四人一淘时，我和他总一国，因为我们俩都是B型，同文同种，理当的。然而我是真喜欢与他一块儿的，人会变得好小好小，五六岁的，两人排排坐在门廊口，我握一朵黄雏菊，着绿色的点点背心裙，毛毛则唱着一首小孩儿歌，刚从妈妈口里学来的。

今天我依然坐在小板凳上，我得微仰些头看他们，灯光里，他们真是伟大。我捧着胃，真要痛死了，死了，软软地死在地上，死在泥土里了。可是，可是他们怎么短短时间就坐得那样高高挺挺的，没等我拍净身上的尘土站起来。我该去哪儿？我该怎么办才好？

临走时候，我送他们到车站。穿一件我最喜欢的红白格格娃娃装，满心肃穆地走着，真觉得风萧萧兮易水寒……我们三人紧紧地打个小拇指勾勾，还用大拇指印了章，三人要好好读书，好好考，谁也不要把头输给谁，下次再见面时，是要联考完以后了，那该是个长长慵懒夏天的开始，可是我真乏了，想不及那么多。

打个大呵欠，泪水朦胧中看着他们上公车，我挥了挥手道再见，回身慢慢走。仰起头，路灯是个七彩炫人的光团，然而这真是一个累人的世界。

今天我们终于要上山看爷爷去了。

我看过爷爷的书，却还没有见过爷爷的人，不过那该是不打紧的。读爷爷的书，只觉得天地都与你平起平坐起来，长江黄河在我的血脉中砰砰地跳，而我又要临风一飞，飞到那高高的天山上，南山烈烈，飘风弗弗，中国啊中国！

华冈的风好大好大，爷爷坚持要送我们到车站。走着走着，天气凉凉干干，山下台北盆地的灯火闪闪烁烁的，我们回身向爷爷挥手道别，爷爷的长袍飘得一天都是，我不禁抽了口气，正是众里寻他千百度，蓦然回首，那人却在灯火阑珊处。所以除了小三，我要把这句给爷爷。是的，爷爷谈了一个晚上的中国，世界，乃至下一个冰河期，我都要理不过来了，只好哗的一声打开车窗，一股股凉风灌进来，我是一心一意地想乘着大大的风飞起来，像逍遥游那只大鹏鸟，怒而飞……翼若垂天之云，扶摇而上者九万里，绝云气，负青天……

八月的天，却像是秋天了，天空宝蓝得干干净净，这种天候原总要让我想到汉唐，想到东坡，总要让我憧憬和一个男孩走在风中走在月亮中。

要补考了，虽然橘儿叮了我一个月，可是我还是迷迷糊糊的没什么概念，考就考罢。

班上只有我和小丽补考，都是数学，这也原是意料中的事，因为每回月考正好都和小丽当邻居，两人可也找到同病相怜的伙伴了。小丽一张短短圆圆的脸，柔柔很女孩的性子，瘦瘦的身子，有人说她是孤芳自赏，也有人说她是空谷幽兰，不管怎么样，我很喜欢她，尤其喜欢小高一时她那种头发乖乖旁分，青青涩涩的模样。小丽爱看小说，文学程度满好，每每数学考试堂上，就我们最无聊，转转笔，看看窗外，打个照面，再苦笑一下。

一直不觉得补考是件如何的事，但是今天去考，看别人那种嬉笑作弊的模样，我竟好羞耻地想，自己怎么会，怎么会沦落到这种地步呢？

考完小丽也很激动地跑来反复地对我说："我觉得根本不是属于她们这群的！根本不是！"我们快快地离开考场，敬学堂二〇一，我们高一时候的教室，窗外有棵摇啊摇的枫香，在大风雨中。

橘儿和小静在走廊等我，看了她们焦急的神色，只觉得好抱歉，却怎么都找不到话说：心底凉凉的。

“老大昌？”橘儿首先发难，我和小静也不说话。好久没吃老大昌的热牛角面包了，亚森罗苹、布列塔尼半岛……自从去年夏天老大昌面包和公园号的酸梅汤都涨价后，我们就发过誓，再也不去了。真的，那是一种好难过惆怅的感觉，不是指钱的问题，而是，而是就好像你一向以为的好朋友突然不认你了一样。一年了，没想到三个意志一向不坚定的B型鬼居然也熬过来了，还不忘记去年我们发誓时，还开玩笑唱了两句歌：“I can’t live if living is without you！ I can’t live if living is without you！”

大概是西北雨罢，雨珠大颗大颗的，还隐隐有些雷声，我们三人跑在“总统府”前的大广场上，我不禁哼起了“Laughter in the Rain”，贝斯鼓声砰砰地敲到人心里头去了，那是大雨打在夏天芭蕉叶上的声音。小童，小童。雨是愈来愈大，我眼睛都睁不开了。

三人湿淋淋地走在重庆南路上，谁也没说话。四点才出热面包？真鬼它的头！今天真是个叫人沧桑的日子，才一年呀，怎么一切都人事全非了。

老远还没走近那家艺品店，我们就不禁很有默契地笑了笑。重庆南路的木头人，这是我给数学老师取的外号，这家艺品店门口立着一尊木雕像，是一个裸体的非洲女人，特别夸张突出的额头、下巴、胸脯和肚子，构成了一个很有意思的曲线。数学老师也有个很大很邋遢的肚子，高一才开学时，我们还高兴可以沾数学老师的光等个产假，没想到过了一年半载，她的肚子还是原封不动，虽然如此，她长得还是很好看的，尤其上半身，所以我们最喜欢看她站在讲桌后头的时候，削削的肩，细细的腰身，《红楼梦》中描述宝钗的猿背蜂腰，不过她是最常侧身站着讲课，肚子挺得高高的，腿也弯弯，整个人像一把弓，乔说像是函数抛物线。

每每我们经过这个木头人，总要向她道声老师再见。这会儿也不例外，道过再见后又觉得怅怅然的。木头人教了我们高一高二，现在说分手就分手，怎么好像也没个了结。我想到最近数学堂上同学们引颈看新数学先生的专注模样，不知她们会不会偶尔想念木头人，想念她从来都一丝不苟绝口不提数学课外的事。其实她很年轻，长我们不了几岁，一回我们央她聊些别的事，她红了半天脸，然后讷讷地说她家的佣人又走了，这几天忙得什么似的，小孩也没人带……一时气氛怪怪的，大家不好笑又不好继续闹，也不知怎么就下课了。以后每回我们不想上课闹她聊天时，她总说佣人如何如何，小孩如何如何，我们听着亦安然。高一下学期，一回上课好半天了她才匆匆赶来，我们敬完礼坐下后，她气喘吁吁地说："对不起！我的！——""佣人走了。"猫咪接过话，顿时全班哄堂大笑，笑了好久好久。我多爱猫咪，也多爱木头人，虽然偶尔烦起来的时候，我也会喊喊，木头人误我！

但是我还是常常想念她的，很多年很多年后，我会想起，在绿园，曾经有个好可爱好可爱的……

妮娜台风登陆，强烈的，好久没有这种风雨中的温馨感，一家人安安详详地窝在家里，或许晚上还停电点蜡烛。

最近好会做梦，昨天又梦了好多，阿公替我配了四副软性隐形眼镜，可是都跟茶盘一般大，怎么都戴不进眼睛里去。后来有大地震，好可怕，因为台北地下有活动断层。逃得好没命，结果宜阳和小瀚来，正高兴风雨故人来，可是他们竟开口问我有没有船票，要给他们的妻子逃命。梦！

喜欢半天的辅导课，上午很尽兴地上完四堂课，中午大伙儿笑笑闹闹地到学校后头吃竹山地瓜冰，洒很多红红的，聊聊天，大风大太阳中，光复楼中小憩一番，然后看一下午的书，有时还做做数学讲义呢。有时一场西北雨后，外交部对面的宾馆后头就会慢慢升起一圈大彩虹，最后横过空中了，这会儿我才知道彩虹本是个大圆圈，另外半圈永远在天那边。我想到宜阳告诉我的话："一个再大再漂亮的彩虹也没有一颗露珠的饱满完美。"但是不管怎么说，我是宁愿当那人人仰起头都看得见的绚丽彩虹的。

我总是读到"总统府"降旗的军乐声响完后才回家，在暮色苍茫中慢慢走过"总统府"，"宪兵"们正在换班，整齐又漂亮。日子，真好！

每天黄昏开六点这班47路的都是一个好年轻的司机，我常常坐包厢，有事没事都看他开车，那真是一件叫人肃然的事，我是说，他那种认真郑重的模样，总让我相信他是在做一桩很伟大的事。临下车时，我写了一张小卡片递给他，告诉他，我好喜欢你的敬业精神，但愿你永远快乐。愿天父保守天下每一个可爱的人。

晚上看电视长片《浩劫余生》，讲地球人类文明毁灭后的世界，我常喜欢发奇想或许上一个文明的主宰不是人类，而是现在某种普通的动物，所以我们苦苦地找寻百万年前的人骨头，想从其中发现些什么是没什么用的，有时想得头脑都昏昏的了。不过无论怎么样，我都爱翻开《创世记》。起初，神创造天地。地是空虚混沌，渊面黑暗，神的灵运行在水面上。神称光为昼，称暗为夜，有晚上，有早晨，这是头一日。神说，诸水之间要有……

橘儿、卡洛现在好用功，不能落人呀！一起加油，看邓读得很快乐，替她高兴，倒是猫咪，成天都颓丧得很，不过不替她担心，她有天父。

下午去补习，蒋老师今天说了好多，禅。我真是很喜欢听他说话，很多说法对我来说都很新鲜，虽然其中有些不免偏激，却是无论如何，又多知道世界上还有一种人。

晚上看试片，《故梦》，法国片，每一个取景都像浪漫派油画的味道，可惜整部片子有些文胜于质。不过也许我们这一代的孩子都太早熟了，这该是个让人浪漫不已的年龄，我们却对任何事都要来反讽一番，甚至有些最真实的东西。我最喜欢片子的结尾，深秋的庭院，孩童们欢娱的笑闹声，真是夜深忽梦少年事，梦啼妆泪红阑干。有一点感想，美到了极点时，总带有一份无常的可怕。

临睡前躺在床上看陈星吟的《花谢叶犹青》，想到猫咪，想到乔，然后很多很多。月光又睡在我的脚头了。

发觉我这个班长做得糊涂又糟糕，暑期辅导都过了一半，我还没带头弄复习考，数学老师给的讲义解答一张也没贴，乱七八糟的都没个下落了。我想到德意志，在那个国度，B型人是不能当到军官以上的，我们是否也该来效法一番，B型人不能做班长，也不能当风纪股长，因为脸软。我看活该B型只有当康乐或体育股长一途了。

班上酝酿要换英文老师已经很久了，其实英文老师很不错，学问不说，教学态度是难得的热忱又认真，他是不久前才由成功高中调来的，开口闭口总是贵校贵校，自尊心总又强得很，有些附中男孩的味儿，偏偏我们班又特别皮，有阵疯起来打桥牌，就上课也在下头 one spade two heart 地玩不完，弄得他红着脸，一人闷声不响地气着。可是或许他的教法适合平时，而不是联考当前的战时，所以同学也只得狠下心要求换老师了，好可惜，人说好青年都被联考给压死了，殊不知好老师又何尝不是呢？

今天跟平班的班长去见校长，关于换英文老师的事。平班班长郑是学校班联会主席，很能干的一个人，她同校长说起话来就像跟朋友聊天一样的能侃侃自如，我却觉得很紧张，能主持这样一个大学校的人，毕竟还有她自己一种威严的。我记得一次结业典礼上，大家正兴奋得闹得不可开交，校长突然对着麦克风吼道："你们怎么这样不守妇道！"顿时大家都愣住了。这会儿我才明白再爱孩子的父母也有骂道"怎么教养出你这么一个畜生！"的时候。

校长没答应，我和郑出得门来，她也不沮丧，只是转个眼睛又生一计，叫两班同学回家找各个家长写同意书再盖章。但是班上不少同学反对，认为这样做又太绝，尤其是邓，我知道她一向喜欢英文老师。后来又有建议找汪汪的父亲去同校长谈，她父亲是汪敬熙，噢，这样的啊……也搞不清结局如何，总之，老师是换成了，然而我总记得英文老师上最后一堂课时的神情，第一次看他坐着上课，拿着课本念几句，看看窗外，脸一红，讲些语无伦次的话，像喝醉了一样，弄得大家好害怕。他原不是这样的呀！他也不能这样呀！

教我们的四个男老师，国文和历史先生是又高又壮，英文和化学老师则是短小精悍，我和邓替他们两人取了个外号，豆儿。爸爸的山东乡话形容人能干，这人能得像个豆儿。

"豆儿来了！"小鬼的位子在靠走廊的窗边，她总替吵闹成一团的我们把风。“英文豆还是化学豆？”然后死党笑得东倒西歪。那样的日子里，快乐真是没个完。社会组读化学，真也是乐趣无穷，小考时候，“老师，要不要抄题？”“要！”“工本费呢？”“三十分！”一回做化学习题，化学老师人在台上讲乏了，忽然兴起叫同学上台写，结果也驴，那同学兴致一来，写得满黑板不可收拾。化学豆儿抚着下巴，面色凝重点着头，指着黑板上千奇百怪的式子道：“嗯……这其中有很深的含义。”

我尤其喜欢英文豆儿和化学豆儿的雄姿英发，看了他们，才明白为什么古来英雄伟人总是矮个子的多。

下午正一人留在教室读英文，别班的拿了一张我们班上手续还没办全的减免学杂费申请单，还差家长盖章，看看，是邓的，我就替她收下了。我知道邓的父亲是在市议会后对面的消防总局做事，就顶着太阳跑去找邓的父亲了。

我一直很怕邓，不光是因为她是严肃的O型，而是她比猫咪对我的要求还严，我偷看过她写心事的小记事本，回家寒心了一晚上，她把我看得竟比一个最最浅薄的伪君子还不如。可是日子过着，我还是喜欢她，她有一对睫毛长长，黑黑蒙蒙，长长飞飞的漂亮眼睛，我每每总央她把眼镜摘下来，“邓，人家要看你的狐狸眼睛。”她总是捣着脸笑，跺着脚躲我，这种时候我一点都不怕她。可是对我最有信心的也是她，有时天一阴，我就忍不住要胡言乱语，担心世界，担心自己前途，担心数学，邓却是静静在一旁也不多话："不会这样的，你一定行的。"记忆中，只有姊姊对我一直有这样执著的信心。

到消防总局时，邓的父亲才刚从消防车下来，一头脸的汗水。我一直很喜欢邓的父亲，他那种正直和中国人有了家室后的严肃老成，常会让我想到爸爸口中海那边的爷爷、大伯父、二伯父。记得高一刚跟邓认识时，我问到她父亲是做什么的时，她迟疑了一下："警察。""真的啊！那他办案子吗？"邓也不说话。后来偷看到她记事本上的交战，她讲到一次远远看到市郊的火烧山林，她想到爸爸又在做着好危险的事，字里行间，她是那么热爱和崇拜她的父亲，可是也不知为什么她又老没法开口跟同学说爸爸的职业。合上本子后，我也难过了好久，想到我一向最怕成长途中时时发现爸妈的大人也是有很多不大人的地方，我总好喜欢孩提时候对爸妈那种绵绵完全的孺慕，就像对天父一样，我永远不希望有发现他们跟我们一样也同样是人的时候，所以我一直不要长大。

回到学校，已经四点多了，看看书，吹吹风，看窗外的枫香的绿又深一层，想，夏天要过啦，但是却不懊悔，因为这个夏天好满好满，不知道是因着什么。我又好想写那篇一直想着的小说，起头一句一定是这样，"那年夏天，我才恋爱……"

是个大假日，橘儿带了照相机，中午我们就在学校附近的“势力范围”内照了些相，很有些离别的味道了。法院前是非照不可，因为这儿是我们常“调戏”男孩儿的地方，常常放学有一两个建中男孩孤零零地经过这里，我们见了总是齐声大唱《飘零的落花》。不记得是哪个男孩说过，女孩一多什么事都做得出。然后“总统府”、新公园、公园号……死党好久没有这样笑笑闹闹地乱逛了。

下午班师到士林，大吃一顿不说，晃晃荡荡回得台北后，又想杀到公馆去，我和小静想再看一次东南亚的《坦克大决战》。O南车上，看到一个建中男孩的侧面，眼睛眨呀眨地看电影广告，我忽然想笑，想到女孩子一多什么事都做得出。每每上下学的公车上，总见一两个女孩特别天真无邪地在看着电影广告，大大亮亮不戴眼镜的眼睛，她们原是要叫男孩欣赏的花儿。啊！我的十五岁。

男孩脸一偏，竟是毛毛。打了招呼，两人糗糗地聊了聊，他说：“听说你和他们诀别了。”毛毛说的是小瀚和宜阳——车过罗斯福路，木棉花只剩下绿叶子了。

数学老师说，开学典礼那天要考数学，考这整个暑假讲的。这次大家似乎都颇有兴头，毕竟是高三的第一个战役呀。我也想趁这两天来好好读读，看看自己是否到底还是有几粒数学细胞。碰到和差化积，积化和差的公式，这是我以前从没见过的。这次算是素面相见，背着背着，想到扣赛因是个B型鬼，任性又邋遢，尽着制造烂摊子给赛因收，因为赛因是A型，活该生来就拿扣赛因没法儿的。我跟橘儿这般说，橘儿道："你瞎说点什么！"这句是从张爱玲的《桂花蒸阿小悲秋》中学来的嗔人话，煞好听的，可以想见的吴侬软语。我和橘儿两人都笑了。

晚上接到阿贵的电话，说好明天八刚要去金山露营。阿贵是我从小学到初中的又好又老的朋友，包括我们两个在内的八刚则是初中一起打垒球时的好伙伴。每当五月天的时候，我总会想到那段苦练争学校代表队的垒球日子。傍晚时，球场边总有浓得发甜的七里香。空气是燥燥热热得让人迷醉。投手六合一宣布收工后，大伙儿就拎起球棒和一身的汗臭和太阳味，高声唱着歌地走。夕阳把我们八个人的影子拉得好长好长，到天边了。我们并肩大步走着，像一群盖世英雄豪杰，影子最长的是李珍，她有着要命的长手长脚长个子。她守一垒，神得很，我们一接着打击出来的球只要闭着眼狠狠地约略往一垒掷去就没错。影子最小的是守游击最会扮车子脸的阿短。走过训导处旁的小花坛，总不忘记冒险地摘几朵风铃花，吸一吸淡淡甜甜的花蜜，那真是全天下最棒的东西。街上的小冰店，是我们群居终日言不及义的地方。Simy跟我聊文学，阿贵和我谈理想，六合则跟我说些有颜色的笑话，阿潘只会瞪着大眼睛笑，她是个顶漂亮的女孩儿，老马会很老成地告诉我些人情世故，李珍则不说话，只是揉揉我的头，撇着薄薄的嘴笑，那真是一个世上感情用得最奢侈的日子。

有人交朋友可以一段日子里有一种朋友，清清爽爽的，却不冷情，我却没办法，总是牵扯不完，罪过还是在我，因为总要我的每一个朋友跟我一起成长，我硬要他们的生活方式跟我理想的一样，可是我总忘记天下没有不散的筵席，每个人都有每一个人的路。日后一旦我发觉朋友跟我的生活方式不同，我会好伤心，躲在床上想我过去的一切都已云消雾散了，真个人生如梦。

高一时，碰到小四一群人，我开始努力地学院派起来，相形之下，八刚真叫我要叹声扶不起的阿斗。汉高祖帝国成后杀功臣，最基本原因该是受不得当初跟他一起中原逐鹿的大老粗们，在他坐在御座上后还是大哥二哥麻子哥的没个收敛。可是不晓得为什么，也只有面对面站在八刚跟前时，我会有好强的自卑感，我羞于开口说卡缪、沙特、卡夫卡，说不出因为什么，冥冥中总有些我很不如她们了，总有一些，可是我还是喜欢见她们，尤其在八月末阳光的海滩上。八刚是我的根，跟她们一块儿时，我总想起当我是个小女孩的时候……

我喜欢夏天的金山，让人想到南太平洋的一些慵懒的岛屿，太阳把人晒得又红又懒。夜晚时候，尤其我们的帐篷边有几个侨生在玩吉他，其中一人还曾经在雅加达的 Bar 弹过十年，我和六合轮番上阵，但是我更喜欢趴在沙上听她唱，她有一极似黑人的身段和嗓子，个子高高瘦瘦却又蛇一样的圆滑，嗓子也是又亮又野，唱道："Yesterday is dead and gone and tomorrow is out of sight……And it's sad to be alone. Help me make it through the night！”吉他声琮琮，火光在她脸上跳得红艳艳的，我相信自己现在也是很漂亮的。海风又柔又暖，远处哗哗哗的也不知道是松涛还是海浪。

我忽然想到高一时，邓叫我的外号，黄毛丫头，多半也不是因为我的头黄燥燥的没个样。邓常说："你最该叫丫头的。丫头。"那好像是很多年前的事了，然而那时我是真相信她是喜欢我的。黄毛丫头，丫头，丫头！我的邓。

明天，明天回得家后，我一定不对灰灰的台北市发牢骚，像半年前从中横刚回来下火车时一样："昨日入城市，归来泪满襟。"也不记得是不是板桥的诗句，总之，我要过一个好好好好的日子，让邓再叫我一声："丫头。"

晚安了，天父。

绿兮衣兮

下午要注册了，一个上午忙得很快乐，大概觉得自己即将名分确立了罢。

这学期的注册依然严，当然也还是头发和裙子。我的头发复检了四次才通过，不过也不像往常一样抱怨教官，从来不知道自己为了当个高三学生能这么不计一切。班上头发复检纪录最高的据说是八次。

注完册，先陪小静去橘儿家拿画，然后再去师大旁的龙泉街吃伍仁圆仔冰。

三人安安恬恬地荡了一下午，也不多话，好像都有种过了今天就要赴死去了的味道。每回看到师大，总会想起小高一第一次逛师大时，有一对男孩女孩赤着脚躺在图书馆前的绿草坪上看书，女孩的长发在阳光中亮着，第一次我对长大投过羡慕的眼光，浮浮泛泛的就是。不过我不喜欢师大。虽然它没有政大辅大的树小墙新，却是一个太局促的学校了。

傍晚坐 47 回家，真鲜，火车站那儿竟有浓浓甜甜的玫瑰花香。车过信义路，伸手摘了片人行道上的翠绿樟脑树叶，有个初中小男孩在笑我，我也笑了，想到张爱玲在《天才梦》里的最后一段话，“生活的艺术，有一部分我不是不能领略。我懂得怎么看《七月巧云》，听苏格兰兵吹 bagpipe，享受微风中的藤椅，吃盐水花生，欣赏雨夜的霓虹灯，从双层公共汽车上伸出手摘树颠的绿叶。在没有人与人交接的场合，我充满了生命的欢悦。可是我一天不能克服这种咬啮性的小烦恼，生命是一袭华美的袍，爬满了蚤子。”生命是一袭华美的袍，爬满了蚤子……然而我亦不担心，我是肖狗，合该生来就该是有一身跳蚤的。

晚上小瀚宜阳打电话来，他们也是今天刚注完册，此刻两人都在宜阳家。聊了一晚上，讲了好多平常面对面时不敢说的话。宜阳的口气好稳好令人快乐，小瀚则是像个好好的老朋友。我记得与小瀚刚认识时，他说话的语气总是冲得令人难受，后来才知道他单是对我这样子的，因为他在认识我之前听过一些我的恶闻，多半是关于小童的罢。第一次惊觉好女孩的名声不是那么容易得到的，虽然一个外国神父曾经说过我是个 nice girl，当时以为既是神父说的，那么小虾当是品质保证，有正字标记的。

宜阳说，大考完后，三人一块儿去宜兰走一遭，尤其是夏天星空下田间小路的单车漫游，真是铁马咔咔响，银河步步近。我只去过一次宜兰，是去年夏天和猫咪去的，因为我们的好朋友瑞芬住在那儿。我常常想，宜兰的人们该有哪样一种胸襟啊！东边望去，是一片无垠绿色的兰阳平原，向西看，则又是层层高耸入云的中央山脉。我常想起去年夏天宜兰的金盈瀑布，山下有个大果园，小小的桂圆落得一地，瑞芬的妈妈说这种不起眼的小桂圆却是最甜的，我们就兜着裙子捡，大大凉凉的风中，猫咪的红头发飘得一天都是，褐色的眼珠闪呀闪，红嘴唇也被桂圆汁染得晶亮晶亮的，我都呆住了，却也不敢盯着她看。阴阴凉凉的桂圆树下，我想到世上千年在这儿只是一日，一个午后，一声划破天空的长长蝉鸣。

金盈瀑布快近源头的地方，有个长长陡陡的通天桥，是架在两面直的峭壁间的，走在桥上，会被水雾笼得一头一身，也不知道是瀑布溅的，还是太阳雨。到处都是白蒙蒙凉飕飕的，我们好像是下凡一游的仙人。

在宜兰的日子真是奇怪，不单是它干净宽敞得让人诧异的街道，不单是电影院的票价是分为小学、初中、高中和成人，也不单是闲闲的一个上午，我就把瑞芬家要吃一个夏天的整大瓶酸梅给吃个精光，而是，而是，总有一些什么吧……

我和猫咪是搭凌晨四点的慢车离开宜兰的，说是想看看海上的日出，可是两人只顾着打瞌睡，再加上一个又一个长长黑黑的山洞，害得我们还昏头昏脑不知外头已是鲜亮的天光了。两人不甘心，就中途在基隆下车，这个夏天我和乔已跑了很几趟这里来看我们的两洞六，所以对海港一带还满熟。我当向导，要带猫咪去庙口大吃一顿小吃，走着走着，路旁的有些 Bar 还闪着霓虹灯，有些洋鬼船员就搂着个旗袍开高衩的长发中国女孩走在街上。那味道真是棒，让我想到《苏丝黄的世界》，那是个热闹的人世，我想对猫咪说，可是她眼睛竟流流离离的有些惧色，我就打住了。想到自己真是没民族大义，黄春明为了这桩事还先后写了《莎哟哪啦，再见》和《小寡妇》。猫咪穿着淡粉红色衣裙，我则是运动衫牛仔裤，所以就把手搭在她的肩上，猫咪此刻是个要人保护着的小女孩呢！

带猫咪去逛海港，带她到那个两洞六停过的码头，还有政教楼，还有黄崇宪的家。黄崇宪是我们那期海战营里唯一的北部男孩，他读的是附中，一上船就和乔两人大唱摇篮曲，不过我喜欢黄昏海面波光粼粼时，他依着船栏告诉我，他们初中时候是如何地跷课，跷到哪儿去玩，再指指远远的山边，那是他的老家，其实房子已经看不到了，两边都起了高楼。我和猫咪边走边唱歌，我还偶尔客串几首口哨，一会儿，下起毛毛雨，到处都是一片模糊，奇怪，我一向不喜欢雨，却老是在雨中走路，走个没完。

宜兰！宜兰！……明天要考数学，高三的第一场大仗。

清晨车上，听到一个小男童念道："中国中国童子军，美国美国橡皮筋，英国英国大老鹰，苏俄苏俄没良心。”想想也很有意思，二次大战后，不知出了多少有关的论著书籍，也不知花过多少政论家和史学家的心血，到头来却也不比小儿口中的话来得清楚又耐人寻味，爷爷说中国的渔樵闲话，“人多说中国人民的政治知识幼稚，又没有团结心，事实不然。世界上的民族中惟独中国人有渔樵闲话，打鱼采樵之辈于山边水边工作休息之时，亦讲述并慨叹前朝的英雄事迹……中国的一般百姓虽或缺少议会制度选举投票一类的知识，但是关心天下事，真正晓得什么是政治的。因为中国的百姓有周礼王制里与王官一体为政的王民的经验，还有后来历朝民间起兵的经验，而且现前辛亥革命、北伐与抗战，皆是民间为主体……”

车停正东门小学，哇啦啦的一群男童打着笑着闹下车，口中却都念着，“中国中国童子军，美国美国橡皮……”听得我一阵阵地起鸡皮疙瘩，想到爷爷说古来天下凡有大乱大变将来时，会有个绯衣小儿从荧惑星下凡到人间，唱着口诀，然后全天下的小孩也都跟绯衣小儿一齐唱，唱得荒郊野外的野风中也飘着他们细细纯净的歌声，每每我听到这儿，总是止不住地要站起身来踱几个步舒口气，也唯有中国有这种鬼魅得却依然有人的无限清意，真是大啊！数大就是美，我却一直以为，大的东西不一定美，但凡美的东西却一定都有个大义在里头的。

啊，今天真该是个普天同庆的日子，某人的数学考了个八十，不是盖的，打从高一第一次月考及格过一次外，到今天为止，我的数学都是在二三十分左右打转的。面对着高三，好像这会儿自己也生意盎然多了。

排了新座位，我左手边是卡洛，右边是爱笑的小苏，看看她们也要激动，因为她们即将是我共患难的好伙伴啊。

新的英文老师来了，黑黑实实的，一双眼睛又深又利，一看就把人给看穿了。我传张小纸条给卡洛，看他像不像薛尼鲍迪？卡洛点点头笑了。我很喜欢薛尼鲍迪。

晚上去台映看试片，一部是本土片《爱情长跑》，一部是泰勒演的《春回情断》。《爱情长跑》在本土片里要算是还不落俗套的了，大概是张永祥和陈耀圻的功劳吧，气氛满好的，不过就是邓光荣太糟太糟了，简直有些丑人多作怪。《春回情断》又让我低回不已，感情一定会淡掉的吗？多可怕！爸妈的朋友里，这个年龄的差不多婚姻都在闹问题，好不可怕，他们当初原都是山盟海誓过来的呀！每每我听过大人的纷纷纭纭后，总是忍不住打个寒噤跟妈妈说："我决定我还是抱独身的好。"要不缓和一点："要是一旦发现对方对你的感情稍微淡了，我一定要快快离婚。宁为玉碎，不为瓦全。"妈妈总是急急地说："要有信心呀，也不尽然对不对？"我晓得妈妈是指她和爸爸的婚姻，可是我想到妈妈近来说过她有"失业"的感觉，因为三个孩子都大了，有自己的世界，爸爸又忙。而且爸爸也劝妈妈，这该是个事业恋和儿女恋的年龄，人不可能再如年轻时对男女爱情的那般执著了，我都知道呀，所以才真觉得可怕。有时发奇想，我要不断地离婚，不断地结婚，永远做人人都爱的新娘子。

回到家倒头就睡，今天没下雨，天气却凉凉的，等车看了会儿月亮，想东坡。今天是该死高三的第一日。

过一星期的高三生活，发觉生活并不如想象中的那样可怕呆板。相反的，我们学会了珍惜生活中的一点一滴，橘儿常常带一些糖果来，死党一人一颗，握在手里让人心头甜上半天，似乎联考的压力把我们不分彼此地凑成一堆患难与共的好伙伴。我喜欢这种生活，饱满而充实！每天清晨，吃着面包走红砖路，无愧地看着“总统府”，国文课时，偶尔从孟子身边跳脱会儿，聆听游泳池畔小高一小高二的笑声。数学课上，不妨从黑板上画着的椭圆形遥想吴老师说的窗外的芒果树，那一季的芒果该有多浑圆！那一季凤凰木的艳红不知该是如何嚣张！我愿意以全副的心力过好这一年，可能是最值得记忆的一年。

升完旗后缴点名单时，看阎一个人呆呆地坐在篮球场边的大树下，我过去拍拍她的肩膀，才没问她几句话，只见她眼泪就哗地爬了一脸，那么大个子的人！阎是我初三刚转到和平中学时认识的，人比我高上十来公分，可是两人也真好，珠算课堂上在打子母和，我们两个却合趴在一张桌上睡昏了头，惹得漂亮的珠算老师干瞪着眼也拿我们没法儿。阎一向照顾我，像照顾个肮脏调皮的小顽童，我常把她当作唠叨的妈妈，有时也把她当个高高英俊的男朋友，可是这会儿她竟哭得跟个娃娃一样，我只好一直摸她的头发，她有一头蓬蓬鬈鬈的黄黄头发。原来阎前一阵害了一场病，烧了几天，现在老觉得自己变得很笨，读着读着就要自怜掉泪，因为医生说这病不能再发，再发就要动手术了。阎愈说愈哭，原来是这样啊，真亏她当了十八年的 O 型人，怎么看事情看得那么迷糊呢？尽管自己陷在里头打转，劝了她好半天，上课号响，她怏怏地走回光复楼，我也快步跑回至善楼。

传纸条给橘儿和小静，叫她们今天放学和中饭时候，要“意外地”碰到阎，然后软劝硬骂地把她说一顿，我知道阎那种感觉的，这种时候一定要有人把她猛敲一棒醒醒。

下午的体育课是上土风舞，依然是我和乔教。卡罗索的音乐一响起，我简直是手足无措了，我对土风舞真是，不敢出门望月，怕它勾我相思，偏偏月进窗来，害我相思一夜！可是唱片里的男女正愉悦地唱道：“We have a lot of fun！”是的，We have a lot of fun！乔把我轻轻一带，我的裙子凌空一旋，一个下沉舞步，我自己都知道我们两个的身姿有多漂亮，可是我还是不敢抬头看乔盯着人似失了神的眼睛，也抓不住她汗湿了滑滑的肩，怎么会！土风舞的日子里，我曾一次次在日记上天人交战，好难受，很痛很痛，可是痛到心底又泛出一丝甜蜜来了，乔，乔，乔，我没要你们去得那么干净那么快，真恨理智啊，真恨，说服自己，我多愿做个茫然无知的小女孩，不要名，不要利，只要生生世世在乔的手中转出一个又一个阳光的夏天。

我的土风舞是乔一手带出来的。我们曾在摇荡不安的两洞六甲板上晃过《田纳西华尔兹》，霏霏细雨潮声中，美的事物是在梦中的。我们在淡海风雨的沙滩上跳过一曲《风流寡妇》，乔带我转一拍一旋的华尔兹，弄得我晕忽忽地笑倒在沙堆上。我们还在大雨滂沱的师大篮球场上跳探戈华尔兹，弄得师大土风舞社急着送我们精神奖和热姜汤，不过我们最引人的还是卡罗索，《拉丁美洲之夜》，《田纳西华尔兹》，《巴康之歌》，和新方形探戈的最后一个下沉舞姿。我尤其喜欢探戈的音乐，不光是其中有南欧的阳光，亚历山大的帝王气和七弦琴的乐声，它有一定的公式的，可是我却也百听不厌，音乐开始总是一个郁闷阴沉的午后，天空蓄势风暴，一对男子正在为他们的情人决斗，整个剑拔弩张的气氛提高到顶点时，就突地天地一片豁然开朗，阳光无尽地亮着，到处都是一片流丽的风情，顾不及关心那两个男子决斗的结果。

体育课上毕，走出活动中心地下厅，我又是一个好坚强好坚强的人了。眯起眼睛，太阳底下无新事，可是日月山川天天都给我一番新风景。

小静才一进教室，我就看到她红红的颊上一道伤痕，昨天没有的，我问她怎么了，她只管捣着小嘴笑个不停。老半天，还是橘儿接过了话，原来昨天放学后，橘儿在欣欣26路车上看到小静在红砖路上走，就把手伸出车窗送个飞吻喊再见，飞吻是死党平时在分手时通用的动作，小静正边走边热情地抛个吻回橘儿，没想到人就一头撞到路边的榕树干上去了，小小的事，我们可笑了好些天。

过几天要考垒球掷远，卡洛老是使不上劲，掷不远，放了学我们就换上黑灯笼裤练，练到天黑看不到球时才走。我好喜欢夜晚的学校，尤其至善楼前有个游泳池，情调更是棒，有着七里花香的空气，灯光倒映在水面晃荡晃荡着，我总喜欢倚在凉凉的石栏上，闭起眼睛，耳旁会响起好多柔柔的情调音乐，碎碎懒懒的钢琴，华丽迷人的小喇叭。我想起那个和卡洛走过台大旁的夏日雷雨午后，校园内裙裾飘飘的女孩儿，那是个遥远的梦，像夏天蓝空下艳红的凤凰木，我没见过的，但是我会想，想它迎风对我招摇着……

凉凉的晚上，爷爷的山上不知如何了，枫红没有却可有些秋意？枫树和白色的小洋屋，还有宽宽净净的路和蓝眼睛，和天空上的东坡，我多想爷爷呀！

日子在流着了，而我真喜欢生活。上上课，头发一甩，正好跟橘儿打个照面，她用眼睛朝外勾勾，我知道，教室的左边窗外，是气象局的白色木头房子，绿色的小草地，就那么一个窗子一框，我们每每说道那景致根本是北欧，夏天的北欧罢，至善楼也是神仙洞府，可是又脆又亮，朗朗的是张骞的冷槎直到天上的银河的，而我们自己就是那在银河浣纱的织女星吗？

护理课，老师讲男女交往和婚姻，问“你将来选择对象的条件是什么？”问到黄玫，黄玫说要是个有才气的男孩，玮玮则说要是个顶顶漂亮的男孩，全班全都笑起来了。玮玮是我们大家都喜欢的大娃娃，圆圆的脸，翘翘睫毛，一对广东人特有的深眼睛，全班第二高的人，却是长手长脚身子骨头也软，整个人就像个傀儡戏里的娃娃一样，她编得一手好壁报，也是学校跳高纪录的保持人。我记得高一练篮球时，队长看她个子高拉她来打中锋，可是玮玮的田径虽然样样行，篮球却是没怎么玩过，所以刚上场，一个单手射篮，只见球儿一点弧度都没有地直奔篮架后头去了。当场把我们笑得要死，只有她一人恨恨地跑到树下生闷气。

我们正宠宠地笑着玮玮，老师就叫班长起来答这个问题。糗糗的，我本想说我可是不结婚的，可是看护理老师的娃娃脸满是笑意地歪着头在等答案，她是个至心至意的心，我就答道：“那个人一定要能让我至死崇拜的。”这是有一度我之想当拿破仑的妻或情妇的理由。护理老师眨眨眼，委婉地说：“这是错误的观念。”原来她把这个崇拜解释做拜金了，这本不能怪她会错意，这个条件着实不是条件，条件是理性的，崇拜却完全是非理性的。

补完习在兴隆路等47，月亮很大，风又大，我想起了高中联考刚过的那个夏天，在后山冈上对着自己的影子唱“Fly Me to the Moon”时的情景，其中有句……Let me play among the Stars……这会儿我则要吟一句，明月几时有，把酒问青天，不知天上宫阙，今夕是何年？……后天是中秋了，地上的年岁，其实也差不多。不知天父可爱吃最没文化的凤梨月饼？

前两天写信干扰了阵小瀚，小瀚回信来说，既然我们都不能理智地各奔他方，所以就干脆来组织一个“三剑客”的小会，三剑客者，一笔逞英豪，三笔垒断天下也。

月亮升得高高圆圆时，小瀚、宜阳、小虾三人坐在法院旁庭园花坛边聊天。桂花冷冷香香的，月色亮亮白白，我没戴眼镜，但看得见宜阳浴在月光里的黑影，他们真是少年啊！我想到徐锡麟的夜骑危墙观星象，那真是一个绝对的美好。

一个晚上我都乖乖托着下巴看他们谈文学，谈杜斯妥也夫斯基、谈川端，我也不听，只一次次地心底发誓，士为知己者死，我不那么伟大坚毅的，我只是要一直守着我的朋友们，直到他们一个个地离去。

今天是中秋了，白天却依然是热燥燥的。中午放学的时候，我和橘儿、小静走过敬学堂斜前头的洗手池又好好冰了一番。洗完膀子还是忍不住顺手捞了一把水朝橘儿的颈子灌去。“好啊！看我怎么弄你！”橘儿一边笑着骂着一边压紧水龙头口朝我喷水，溅得我衣服裙子都湿了，小静在一旁只管叫停战，橘儿要歇手了，我却是舍不得，因为发觉自己好久没这么年轻过了。

小高一时候，有事没事我们就爱跑来打水仗，湿得淋淋漓漓也不管。一回和猫咪正大战方酣，却猛听得在一旁等路过的两个教官说道：“水有这么好玩啊！”我和猫咪很不好意思地停了手，讷讷地不知该如何是好，那两个教官也不多话，笑盈盈走过去了。那是第一次我觉到教官也是人，也是好人，而且是极亲极好的人，像妈妈吧，虽然老要管我们，唠叨没完，可是她们是爱我们的，做到这样的教官也是要有极大的福气的。有些教官就不那么幸运了，她们一开始就抱着学生是要跟她们捣蛋的，所以有时学生的无意小错，她们却会认为是学生处心积虑为对付她们而来的，这种日子过起来大家都很苦。我还记得一回早上我忘了夹发夹上学，才刚进得校门被一个教官劈头斥了句：“也不知道检点！”那一整日我都过得很难过，甚至想到这个日子我是不要过了，因为我对不起爸爸妈妈，我枉负了他们教养我的这十多年。有的教官就很好，她不会像押解囚犯一样地把人拘在一堆，讲些伤人自尊心的话，她会说：“晚上还是别熬太晚，早点睡，第二天才做得了事呀！”那一天我会过得好快乐，觉得世上除了父母，还有一个人那么疼你，那么真要你好，而我发誓真的要做个好学生，如同一向要为爸爸妈妈做个好孩子。教官对学生的心是最最重要的了。

傍晚正跟爸爸在院子里锯养兰花的蛇木，宜阳打电话来。奇怪，一向稳稳的宜阳今天的话很是语无伦次，想，是中秋了罢，是个诗人捞月的日子。电话中隐隐听得到小喇叭的乐声，问问宜阳，原来他正在听《霍夫曼船歌》，难怪他也要激动。

今年年初的时候，我和乔才跑过一趟台中，还由我们认识的两个男孩带去台中公园划船，台中公园的晚上最是叫人要做梦，整个城市的灯光都在墨黑的水面上晃荡着，想到威尼斯的夜晚，想到岁月在那个地方是没有时间的，但是这一切我是不会对正坐在我面前划着桨的张说，我只在心底一遍又一遍地哼着《霍夫曼船歌》，竖琴奏的。

张是夏天时在海上认识的，也是第一个带我跳华尔兹的男孩子，我虽不是个纯纯情情的小女孩，但是这一点我是永远不忘记的。其实我是很喜欢听张说话的，他的眼睛又大又黑，嘴唇薄薄的，还有一个高高的鼻子和宽宽的高额头，相貌很好；虽然他说的东西都是我老早就知道的，但是我还是爱听，爱听他真真实实地说那些他从打架悟得的道理。有时他正说得神采飞扬，会突然收住口，咧嘴笑，嘴角尖尖的，觉得我是个好乖好纯的小孩子，他也这样觉得，因为他总揉揉我的头发："不说了，说了你不懂的。"那天晚上，张牵着我的手荡了大半个台中市，我只安静地听他说话，等他时速九十公里的摩托车载我回省议会乔的亲戚家时，我也没说一句话，没说我想了整晚的《霍夫曼船歌》，因为他是真的不会懂，真的不能懂。省议会有高高挺挺的椰子树，迎着夜风沙沙地作响，我看着张跨上摩托车，看着他的身影消失在黑暗中，知道他是真的走了，像我们去年夏天在两洞六上老爱潇洒地说着的话，我是海上过客……

晚上正在看电视长片，《巨人》，真可惜泰勒那时的脸蛋还没圆起来，看着没那种夺人的艳。妹妹说，后山上有人在唱《燕子》，我快快跑到后院门口张望，小山岗上有一点红火星，有人在抽烟，是……是宜阳。

聊聊，我想到《巨人》里年轻的泰勒，想到前些时电影里老丑的泰勒，想到那天看完《春回情断》后的感觉，我突然地跟宜阳说，婚姻这桩事是太残酷可怕了。宜阳急急地说，千万不要对感情失望，再大的彩虹可有露珠的饱满浑圆？没有了爱，可如何过冬？宜阳也有张薄薄的唇，笑起来嘴角尖尖的，我甩甩头发，仰起脸，大大圆圆的月亮正是中天，照得整个小山岗亮亮清清的，是秋天了，秋天大大的凉风还要起好一阵子，我可管不得冬天的，冬天时候，我只要一床暖被子，一本好书，爸爸妈妈，天父，和我的中国，我管不得其他事的。但是宜阳，我是但愿天父爱他，因为他是那么那么的好，是宜兰的阳光，远远暖暖地笼着人。然而我会想到，宁为玉碎，不为瓦全的，未尝瓦的后头就没有从绚烂归于平淡的玉，或许发起疯，我会憧憬那绿色无垠的兰阳平原。或许罢……

贝蒂台风来袭，但是一早我仍然整齐地穿着军训服去学校，外头恁大的风雨，我想是会停课的，不过突然我极想重温孩子时候在台风天玩一遭后到学校，又知道捞了个意外假日的喜悦。

好可惜，台北某些地方的排水太良好了，从家里到学校竟然找不到一个水坑踩踩。走在介寿路上时，就已看到纷纷回家的同学，但是我仍继续往前走，我记得学校大门口一定得摆些砖头垫脚的。远远就看到小静，她正一人愣愣地在仰脸看台风，小小的嘴微微张开，死党里数小静最孩子气，有时大伙儿好端端地走在黄昏的路上，她会猛地向前冲两步顿一下脚，把路上停着的麻雀给哗地吓回电线上去。

明天要考英文介系词的讲义，我拉了小静回家好顺便逼自己念念。可是两人沿路采购零食回家后，又忍不住趴在楼上的窗台上看后山上的台风，漫山的相思林子给大风掀得一滚一滚的，是个可怕的绿色海洋。

两人好不容易熬到下午，头也昏沉沉的了，拿张报纸找电影广告，一会儿，我和小静很有默契地顶着大风雨跑去国宾看《吓破胆》。看完电影，两人都很凄惶，想到背后老是有一双看似坦白纯洁的撒旦的眼睛。小静不敢单独一人回永和，我更不敢，因为家对面的山上都是佳城。两人又原班人马地杀回家了。

放学后和卡洛、小静去学校后头的绿墙里吃冰，刚考完试，风又大，总觉得该有些什么事发生才对的。走到红砖路的尽头，看到宜阳，他递给我一封信和一本愁予的诗集，天很清明，小静在一旁鬼鬼地笑，我想到中秋晚上好像是很久以前的事了，然而我也但愿它是很久以前的事，因为我要一人爽爽朗朗地活着，除了小静、卡洛、橘儿、邓、猫咪、小苏、小鬼。

第一次月考终于完了，真的感觉不出这次考得到底是好还是坏，不过这一个月来是真的用功了，每天回家都有看书，而且看得很快乐，这样也就好了。

明天是卡洛的生日，拣着今天刚考完试逛了一个傍晚。最后在金金买了一块大理石嵌铜的纸镇，但愿卡洛永远不要忘记她的十八岁，好好的一年。或许这学期和卡洛坐一起的关系罢，和她亲得多了，尤其每每两人一起读三民主义，更是觉得士不可不弘毅，任重道远。我喜欢卡洛，但怕橘儿在一旁的眼光，我知道橘儿的占有欲一向强，她不希望任何一个死党会脱出向心力切线出去，但是我是不会的，我不敢看橘儿的眼光，我只是要朋友啊！好好好好的朋友，卡洛。

晚上去台映看试片，《奇迹》和《雌雄大盗》。《奇迹》真是烂透了，都是罗杰摩尔害的，他实在太自恋狂了，把整个片子的气氛搞得糟极。《雌雄大盗》却是真好，*Bonnie and Clyde*，虽然描述三十年代初期美利坚的混乱时候，但却也是一个大的新气象，让我想到蒋夫人在一篇文章里说，约略是这样：当我还是个女学生的时候，我很喜欢美利坚这个国家，因为初抵这个国度，到处的人们都是爱好正义自由，一切的事物也都在健康蓬勃地发展着……

有时乱的时代是比治的时代要来得伟大和应当的。读历史的时候，常常会有这种想法，只是理不出头绪。后来读到爷爷说到大自然的五大基本法则中间的阴阳变化法则时，方才突然明了，爷爷是这般说的：

阴阳是先有阳，后有阴。阳是反，阴是阳之演绎，顺以成正。物之初是反，世界文明人的祖先是不假素粒子的知识亦直感得之，故其历史的开始，传统多是因为叛天，如日本《古事记》是须佐男命反乱了日照大神的高天原，被放逐下来，却开创了日本国的。而佛经里阿修罗与天诤，与《旧约·创世记》里夏娃叛了神的描写，则渐渐有点忘失了本来的意义了。而把来理论学问化的则是老子的"反者道之动"。《西游记》始于孙悟空的大闹天宫，李太白是天上犯了规则的谪仙。中国历史是从大反乱后女娲补天开始，秦汉以来，每个朝代皆是民间起兵；天下自反开始。

从阴阳到男女，现在的女权运动高涨，我想到吕秀莲的新书《为何我空手而回》，那是一本糟糕的书，看完后，叫人替吕秀莲着急，你到底要做什么？到底基本是因着什么？像现在的高梓、赵丽莲，她们一生没有提过一次女权，但是她们真是做出了女性最好的懿范，不由得每一个人都会去敬爱她们——每一个人，不管男性还是女性。薇薇夫人和何怀硕都曾经评过吕秀莲的书和文章，但话都说不清，只有爷爷的话最打得准……现在争着说要扩张女权，青年变得男女中性化，这乃是生物进化史的倒退。原始生物无性别，亦能繁殖。进化了才有性别，是先有雌。有几种低等生物只有雌，没有雄，但是亦能生殖。再进化才出现了雄，其始是雌大雄小，如白蚁雌的身体比雄的大六十倍……可是雄有变异力，发展得快，进化到禽兽，譬如雄鸡，体格毛羽威仪都追过雌鸡。到了人类，更是要由男人来开创天下了。照这一段历史看来，有雌雄并非为了生殖，而是为了变异，生物的进化是系于发展个性的变异能力。雄的任务是变异力大，能促进子孙的优良化与创造性。所以各民族的祖先都尊男卑女，譬如说天尊地卑，父母是尊亲属，小孩是卑亲属，并无权利观念在内。

吕秀莲要看看《易经》与《礼记》，其中有说男女乃阴阳之理和室家仪范，世界上他无其比。因为，“世界上各民族多说女人是罪恶，不洁的，惟独《礼记》与日本的《古事记》里没有女人罪恶不洁，而惟独说要男先女后。本来是男女有别才好，男人是光，女人是颜色。”

吕秀莲跟我一样，也要好好好好地用功一番。

耶和华是我的牧者，我必不致缺乏。

他使我躺卧在青草地上，领我在可安歇的水边。

他使我的灵魂苏醒，为自己的名引导我走义路。

我虽行过死荫的幽谷，也不怕遭害，因为你与我同在，你的杖，你的竿都安慰我。

在我敌人面前，你为我摆设筵席，你用油膏了我的头，使我的福杯满溢。

我一生一世必有恩惠慈爱随着我，我且要住在耶和华的殿中，直到永远。

这是今早诗班所献的诗，《旧约·诗篇》第二十三篇，大卫的诗。早上一家人去基督之家做礼拜，迎着十月的阳光，觉得家中又生气蓬勃了，经过那么多的挫折困顿后，感谢天父对我们的一切造就，还有很多很多。寇监督讲安得烈主日，腓力真是个糊涂可爱的B型鬼。不是吗？我当摒弃那些顽固虚荣，唯有在天父怀中我才是真正聪明美丽的。

礼拜完了跟爸妈去吃徐州啥锅，吃完再和小静、橘儿、邓去植物园看中西画展。大伙儿好久没有为一个特定的目的去玩了，可惜下午是个小雨天，否则一个艳阳天又该替我们刻上怎样的一幅十月心灵的版画。去年秋天的一个下午，我们站在圆山桥上看再春游泳池旁的溜冰场，场子灰亮灰亮，而且宽宽敞敞的，整个天地也是，一个系着条长至膝盖的红围巾的男孩子在溜花式，旋着旋着，人就像根小火柴棒，点着了的，在黑暗中亮成一朵非洲凤仙。圆山桥上的风拍拍作响，我只想搂紧在一旁跳着脚喊冷的小静，一千年。

晚上宜阳打电话来，聊了两个钟头的雪雪。放下电话，只觉得好奇怪、好认生，他们好像是大人，大人的事情小虾都不懂。宜阳是歌德、是雪莱、是拜伦，我只是个玩躲猫猫的小孩，忽然好像和他离得好远好远，好冷清可怕。我怕宜阳。

这几天早上都在金瓯商职下，慢慢地荡在信义路上，我真的喜欢在这种天气走在红砖路上，太阳懒一些没关系，有树就好，高高的树，风一起，哗啦啦，大大的墨绿叶子，像梧桐,想的。香榭大道旁的法国梧桐。这是一个值得活的世界，十八世纪中的，法国的，拿破仑怀中的。

今天无来由地想跷课，也不觉得罪恶，就跷了。躲在光复楼的练琴室里看英文，却是心浮浮的，书读不下，琴也不想碰，对着窗子发了半天痴，才发觉是秋天了，很凉很干又有太阳，高一高二的就在窗外的“总统府”广场上练排字，彩色板子的生活像才不远，我又要兴奋了，激动得要站起来踱几个方步，我最喜欢十月了，那是一个只有中国人会真正了解的感觉。

十月的时候，学校附近一片生气，到处都是一片旗海和牌楼，连那一向安安静静绛红色的“总统府”也在正当中打了几个大金字，太阳光中闪闪亮着。

妈妈今天去韩国日本赛网球了，要去好些天，从今天起，我天天都要回家烧饭，不过也只能做蛋炒饭蛋花汤。我还得接妈妈的一切事，好让爸爸没有后顾之忧地写文章看书。高三的生活什么都好，除了不能放手写东西，不能一天到晚待在家里守爸爸妈妈。每每才中饭时候，就开始想家了，想到家里的晚饭是如何如何，猫儿狗儿又是怎样等我回家领他们爬山去。我常常想，一年的天伦重要，还是四年的凤凰城。我的凤凰城指的是台大，因为我每爱在台大的椰林道上吹口哨，吹《当我到达凤凰城时》，其实我对大学生活一直没有什么概念的，也许那是个可以自由自在地读书，成天荡红砖路，日日在家陪爸妈老死的日子罢。

我从海上来
带回航海的二十二颗星
你问我海上的事儿
我仰天笑了……

下面呢？且不念了，也不当念，留着晚上做个飞上青天的梦罢。

九号了，今天是个亮丽清明的日子，一个上午直升机就在吵哄哄地吊着明天要阅兵的大炮凌空而过。窗外飘着一天的旗帜，大伙儿闹着数学老师带我们出去看高一高二练排字，数学先生也不说话，放下粉笔，只管站在讲台上笑笑宠宠地看我们吵，看我们拥在窗边望蓝天下的直升机。气象局边的芒果树在阳光下翻搅，我要永远不忘记这个清平的日子！

趁着中午校门口混乱的时候，我和卡洛、小静跑到校门外去看，真好真好，“总统府”上头的天空那么蓝，人那么多，鼓乐那么喧天，四周那么吵，风那么大，阳光那么亮，似乎一切前程好景都在眼前，中国中国你可叫我怎么好？

放了学，和卡洛两人去植物园一带看准备明天阅兵的坦克车。南海路上停得长长没尽头的一列，不过很多都罩了大帆布，也不让人摄影。可是我和卡洛两人仍然兴奋得没完，路边有卫兵，也有好多只着件汗湿了的绿汗衫在忙着的兵兵，我抓空偷偷摸着那两个灰绿坚硬的大东西，会想哭。小时候，我常常做梦，过程乱乱的记不清，结果就只记得是一个天地清明的中午，我蹲在滔滔漫天的黄河边玩黄泥巴，跟我皮肤一样黄的泥巴，也不知要玩到什么个时候。就这样罢，我想，有些事，有些感觉，若一生中有那么一次，虽然仅仅一次，也就够了。

早上先躺在床上看了会儿《华学》，看得贴实，又看了阅兵，只觉得自己是个胸襟阔大的贤良人了，因为我是个中国人。然而我要告诉爷爷，我要做只大鹏鸟，下一次风起的时候，我可要凌风飞起，其翼，若垂天之云。

山川知故国，风露想遗民。

“三民主义”课都在下午，正是微风吹得紧的时候，任“三民主义”先生的口才多好，同学个个都还是一副微醺的样子。今天先生看不过了，清清嗓子郑重大声地说道：“二十世纪的中国是只睡狮，各位同学，请你们千万别当小狮子。”

放了学和小静去蒋老师那儿补数学，顺便要把宜阳上回借我的《最后一场电影》还他。走在南昌街上，小静吵着要看这本书，奈她不过，就翻了几个精彩的地方给她看。小静也不看路，直捧着书看，害我只好搀着她走。走到公卖局时，正好毛毛站在那儿等台北客运，他看了看我们走着的模样和小静捧的书，摇摇头笑道：“也不知道装纯洁点！”

这学期我和小静依然在蒋老师这里补数学，其实也不知道到底为什么还要补，累了一天，就到这儿来打瞌睡，本来两人都坐第一排，可是怕睡相给老师瞧得太清楚，就一回一回地偷偷搬家，搬到最后一排了，却是每个盹醒，仍然看到蒋老师烁亮的眼睛。

或许是为咸面包来补的罢，我们在找理由。补习教室的对门有家面包店，每天傍晚都会出香死人的热面包。我和小静有一口气吃了六个的纪录，一人六个。或许是为蒋老师罢，我暗想。蒋老师有个很好的相貌和好听的声音，因为像小三，但是我最爱的是他画满黑板的什么玫瑰线、心脏线、螺线后，还能笑笑闲闲地放下麦克风，传本颜真卿的字帖给我们看。我不懂字。但知道它是好的，我不了解蒋老师，但也知道他是好的，不过他这会儿在讲台上笑看我们，眼睛中有一些嘲讽，很好看的，我却又认生。

那阵子中西名画展正是热门话题，我最记得是蒋老师撇着嘴笑道："这个张大千根本是胡扯！溥儒才是真的。"不过我是真的喜欢他。

八点台映有试片，我就先留在学校看书。跑到钢琴教室去，读读却又觉得不对，因为自己的影子浮在窗玻璃上，窗外的台北市一时不知哪儿去了。想着想着觉得背后有双纯洁的眼睛，不过是撒旦的。真该死，自从那个台风天和小静看了《吓破胆》后，一到晚上就觉得可怕，看到门就觉得可怕，一身冷汗跑到晚间自习忠班教室去，里头的人就多了，我喘口气，看着大亮的日光灯下在伏案念书的同学，真觉得恍如隔世。

阎坐在窗边读，我跑到她后头的空位坐下，传张小纸条，问问她最近的情况。阎一晓得是我，赶忙回头来哇啦啦地打开话匣子。原来经过一阵死党的软硬兼施，她现在感觉很正常了，想到前些时的杞人忧天，自己都觉好笑。

一个晚上阎都在讲群，群是一个建中高三的男孩子，阎对他的佩服真正可说是五体投地，可是阎又老不甘心自己在那人前头矮一截。群是一八几的个子。阎不停地说他的功课有多好，脑子有多聪明，他们星期天晚上是如何骑单车到松山机场前头看彩色喷泉……听着听着我不禁气愤起来，因为突然间我是不要眼前的阎了，我要的阎是跟我海阔天空的聊天的阎，我多不愿意发现我的朋友有一天也开始他啊他的，她们终是要走的，不过不要这么快，也不能这么快。

今天看的电影是《偶然》，苏菲亚罗兰和波顿的，奇怪，他们的感情怎么会那么不美，猥琐？不是一样是爱情吗？我不懂了，也不想懂。

波顿懊丧的神情让我想到小童，不过波顿要肮脏得多，小童是个干净而且爱跳舞的男孩子。

看完电影，和爸爸一路吃回来，吃完了整条汉口街二段还不够，到隔条街去。开封街也是死党常来的地方，鱿鱼羹啊鱼酥羹什么的也老吃不腻。十点半多了，我两手插在黑外套口袋里和爸爸荡在灯火阑珊的中华路上。火车要来了，平交道上叮叮当当的警戒铃声，过堂风一吹，还是冷。我和爸爸打了个寒颤。我们都在想正在日本赛球的妈妈了。

今天不去补习了，因为我们要去体育场听葛里翰牧师的讲道。死党里，就我和猫咪、小静是基督徒，猫咪蒙天父大恩，是个好好乖乖自自然然的女孩，处处都在替天父做见证，小静也满好，我就差了，往往人家一晓得我是基督徒时，总会张大着嘴和眼睛:“什么！你是！”我总是窘极了，在天国里，我大约是个成天打破杯盘闯祸倒毛的顽童。

我们先到南京东路的小苏家去叨扰了一顿晚饭。小苏家很漂亮，大大的，干净又整齐，像她的人一样。吃过饭，下起小雨了，我们站在后院走廊上赏——赏夜晚吧。对楼的灯光恍惚，是一个男孩拥着女孩的身影，众人只好糗糗地进得屋里来。

一会儿，众说纷纭，邓说他们在kiss，小苏也赞成，因为她常常看到。

“你们在说什么？说给人家听。”小鬼甩着水从洗手间走出来。

“大人的事小孩不要管！”这会儿是邓逗她。

“不说就不说，反正我也听到你们在说什么，什么打气的。”大家哗地哄笑成一堆，只留小鬼一人傻愣愣地站在门口，眨着黑眼睛茫茫然地看着我们。

葛里翰布道的气氛真是好，我们坐在烂泥堆中，淋着雨，也管不得其他了，根本不会管。蒙蒙的雨丝在水银灯下飘着，人们的雨伞在摇荡着，诗班在献诗，那种众人敬慕专一的歌音升到极高极高的天庭去了。我仰起脸，天空被水银灯映得紫沉沉的，真的是天鹅绒的。雨水落在睫毛上，变成了很多很多的色彩，是虹，是天父与我们立永约之誓的虹。我抓紧了小静，别过头去，猫咪唱着诗对我一笑，我都呆了，都是好多年没再见过的笑，沉到人的心底去了。眼睛热燥燥，我用力眨了眨眼睛，只见到布道台后几个白底红色的大字，耶稣说：我是道路、真理、生命。

回家换了睡衣上床，才想到今天是这个秋天里我第一次到体育场去，也没觉着什么。奇怪起过了秋风的呀！可是我竟没像年年秋天一样，迫切地要去体育场，去看秋天，去找找我的根，或许这一季秋天里还有一点什么罢，一点其他不一样的东西。

我慢慢地合上眼睛，笑了。梦里，天父白衣飘飘地带我凌空一飞，飞到那高高阔阔的宝蓝星空里去了。

妈妈说，一整个下午有人在后山冈上唱歌，大大的雨也不管。唱什么歌？《燕子》。噢……我知道一定是宜阳，但是我不愿意去想。再一次告诉自己，我是个男孩儿，一直就是，将来也还会是。

星期六是个阳光的日子，可是最后一堂数学先生考排列组合考得我难过死了，一下对自己又好没信心了。

小鬼昨天没来上课，今天也没来。放了学死党赶忙打电话去她家，是她祖父接的，原来小鬼昨天上午急性盲肠炎，下午送到医院，晚上就动好手术了，现在人还在中兴医院。小鬼没有事了，平静的生活中这也算是个小刺激，大伙儿不禁兴匆匆地杀到永和去看小鬼。

小鬼一看到我们时还有些怯生生的，我没见过她穿睡衣躺在床上的模样，也算是、算是个素面相见罢。不过才没过一会儿，她就不老实了，翻下床来搬这弄那的，还在床下的字纸桶里半天摸弄出一团纱布，“猜是什么？”打开来，黑糊糊的，“……”“我的盲肠。”众人掩面，只剩下小鬼一人笑吟吟的。我记得小鬼一向是看到只小虫宝宝也会麻住的。

小鬼央着护士小姐送我们到三楼电梯门口，阳光艳艳地透过窗玻璃照在我们身上，小鬼的睡衣短短的，很夏天，露出一段长长匀匀的腿，我想到她躺在床上啃苹果的模样，她真是在度假啊，迈阿密的棕榈泉海滩。电梯里，死党们不禁都开始在对自己的盲肠动脑筋了。

走出医院就顺便去了小静家玩。其实小静的家在苗栗，这里是她和几个一起从苗栗来的同学合租的，空空乱乱的，我是头一次来，不晓得娇娇贵贵的小静是怎么度过这两年的。我翻了翻小静的书桌，到处都是英文字典，大的小的，尤其是袖珍字典更是多，原来小静每一发誓用功就买字典。跟小静同房间的是芳吟，平班的，是小静在苗栗建台中学时的好朋友，我一直也很喜欢她，白白的脸，很甜的笑，像个柔柔静静的日本女孩，她此刻正在书桌上忙，我知道她是个很用功的女孩，就叫小静小声些说话，可是一会儿芳吟也跟我们搭话，还拿刚才正在忙着的东西给我看，是好多个娃娃像呢，我吃了一惊，原一直以为她在默书，或者画螺线。她说，那是她妹妹写信来要她画的新娘子。芳吟又甜甜地笑着，像个小小的女孩儿，她是个有妹妹的人哪！

傍晚去东南亚看《凤凰谷》，其实看了卡斯脱后就实在不看也罢，又是脱埃唐纳荷的，国语片里的邓光荣罢。可是我和小静还是一心一意地去看，还买站票，两人再一块儿坐在楼上的阶梯上看，吃着花生糖。

电影果然跟预料的一样糟，我和小静怏怏地走出东南亚，外头已是天黑了。两人也不知道该去哪儿，就走罢，向前走。我又想到那个和卡洛看完《畸恋》的夏日雷雨午后，想到要摒开一切去生活，过那种吃饭、睡觉、爱情、阳光的生活，过她们十七岁女孩该过的生活，不过我更想到有汉唐秋香的华冈山上，爷爷啜口茶对我说："李世民十八岁就打了天下。"

焦急啊，我爱李世民，我爱那杖策谒天子的魏徵，我要做李世民，我要做魏徵。中国啊！中国！你可叫我把你怎么好？

跟小静坐〇南，小静才刚在公馆下车，就有个男孩径朝这儿走来，直直站在我跟前，我没戴眼镜，想，这人真是放肆！好半天，噢……是宜阳，拿了乐谱和诗。宜阳一直把我送到家门口才走。看了他的诗，也在想最近想的一些问题，好像我又要有那种逃开的倾向了，实在怕人家走近一点。

家里没人在，进了黑黑的客厅，半天也摸不着电灯开关，黑漆漆的好可怕。我想到这个十七岁生日时橘儿写给我的信，“好快啊！我们一个接一个，都迈上了十七大关，天心也十七岁了。想想真担心，日子过得那么快，我们也老得很快啊！其实老了也没关系，我们再一起去养老院聊天，谈橄榄、牛角、枫叶、士林的吃，说不定我们那时都很有钱可去吃个痛快……领了稿费别忘了龙泉街的牛肉面。永远都别忘了我们相处的这一串日子里的点点滴滴哦……P.S. 另外要找个好男孩，好好地用情。把橘儿这片枫叶送给他。”橘儿信里附寄了一片暗紫的枫叶，约莫是去年冬天我们在阳明山上拾的，用个洛韶山庄的信封装着，信封背后是洛韶山庄之歌：

看！那边绿树青山风景宛如画。
溪水洛洛，韶光年华，白壁无瑕。
朋友们，齐欢乐，这是青年之家。

我在想橘儿的话，要找个好男孩，好好地用情，把橘儿这片枫叶送给他。拍达一声按到开关了，室内豁然大亮，家里只有我一个人在，只有我一个，一个男儿在。拿起报纸，我要把橘儿的话给忘掉，虽然她是真爱我。

连下了几天的雨终于停了，三民主义先生停了手里捣个不停的报纸，穿了一身黑色西装，里头是大翻领的花衬衫，还没进教室，同学就开始起哄了，还夹些口哨声。三民主义先生只镇定地在讲台上笑着，好半天，顾左右而言他的道："各位同学，天凉了。" 三民主义先生姓江，名字的音同曹操的字一样，他虽长得并不好看，却也有三国人物的风流，和羽扇纶巾。我和卡洛总爱讨论他的眼睛，他的眼睛很，很，很colorful，不过高级很多。

至善楼左边窗口的楼下是学校校工们的宿舍，小小的庭院却什么植物都有。在刚搬到至善楼时，我和卡洛就已注意到院子里才采过的葡萄架上有一串苟延残喘暗熟的绿葡萄，绿沉沉的都才只绿豆一般大。这两天天一凉，葡萄们都颗颗浑圆晶莹起来了，十一月了呢。今天计划好了，放完学，我和卡洛、橘儿留在学校，等同学差不多走尽了，我们就要展开行动。

我们爬过窗子到外头的小阳台上，先随便找了根乱七八糟的竹子，捞啊捞的，连葡萄都碰不到。后来只好惊动隔壁乐班的同学，向她们借了一根擦天窗的长鸡毛掸子，橘儿和卡洛抱着我，我探身去用它捞，这会儿碰到了，不过鸡毛掸的杆子太细太软，怎么都使不上力。最后卡洛把班旗的旗杆拿来，捞了半天，又太重了，拿不住，三人忙得七手八脚，正停下来喘口气休息，才发现对面整栋气象局的所有职员都正在探头睁眼地看着这里，也不知看了多久，真羞煞人也！

我们正不知道该赶快爬进教室还是再接再厉时，底下被我们惊动了的校工已经一伸手摘下那串葡萄了。我气急得喊不出话。卡洛早爬进教室，跑下楼帮我追去了。一会儿，卡洛捧着好大一串葡萄进来，校工送的，还洗过了，真是开心极了！好久没有这么高兴过了。卡洛、橘儿怕酸，吃几颗就算了，就剩我一人连皮和籽子也不吐地吞着，不知自己发了什么馋痨疯。

“寒假我带枣子给你们吃好不好？我家果园的。”在前头读书的雪云，被我们吵得无可奈何地放下课本转过头来笑，不知道该说什么好，葡萄汁流了我一手，雪云一向跟我们不熟，圆圆脸蛋，乖乖甜甜，很可爱的一个女孩子。但是这会儿我知道她懂，我也懂，因为我们都不说话，笑了。

明天是十一月十二日，放假，今晚就轻松地躺在床上随手抓本书看，看的是《三面夏娃》，这部书拍成的电影我很早以前就看过，是珍妮华德演的，印象极深，这会儿看着看着，不禁悚然想到自己，我是否也是三面夏娃？在父母面前一个面貌，在橘儿死党面前一个面貌，在男孩面前又一个面貌，却是一点都不勉强的，就是那样活得很分开，又怡然，好不可怕。这会儿在看书的又不知道是哪个我了，拿笔的呢？快快停住，你！

小瀚说，秋天了，上山去吧，我们就上山。是个有着好奢侈的蓝的艳阳天，我们坐在阳明山的后山公园的老树荫下，看晴天飘雨，听隆隆水声，小瀚和宜阳正在辩人的真假。慢慢的，眼皮好重好重，四周有蒙蒙凉凉的雾气，这里是神仙洞府，飘飘忽忽间，我看到有三个少年围坐在一块巨石旁，两个男孩是在濠水边的庄周、惠施，女孩呢，或许是蝴蝶罢。

庄生晓梦迷蝴蝶，望帝春心托杜鹃。

我喜欢阳光中看到他们，小瀚和宜阳，那是年轻，是真正的羽扇纶巾谈笑间，樯橹灰飞烟灭，故国神游。不过这会儿我是不说多情应笑我，早生华发，人生如梦，或许年老时，我会真找个男孩一起坐在炉火边，因为我常常想起宜阳的话，没有了爱，可如何过冬？不过那是年老时候的事，年老时候的事。

傍晚，我们走长长的中山北路回家，路上我仍然不多话，只看小瀚说：他妈的这是一条走国际路线的路！我亦不难过，也不想解释，走过上岛，我知道那七棵迎风招摇的椰子树里有我和橘儿、小静，君知否南国的遥远的梦，走在长长没尽头的红砖路上，我知道每一块红色的方砖里有我们如何如何的誓言。

小瀚、宜阳陪我等 47，三人累惨惨地倚在墙上。车来了，小瀚拍拍我的肩，我懂得那意思的，因为他们说过，男孩子给男孩子打气时就是这般不说话地单拍拍肩膀。我上车了，车上灯光混混黄黄的，面前还有好长一段日子等着过哪，然而我亦不惊心，只抢了个司机旁边的包厢坐，坐定了下来，车引擎吭啊啊地响着，又要上路了。

今天发了好些科这次月考的考卷，好难过，都比预料的少了好多，尤其数学差卡洛一差就是三十来分，突然又丧气得很。或许上回月考拿了个全蓝的成绩单回家，自己又觉得比高一高二时用功得多了，就松懈掉了。还有那破数学，真不知要如何收拾这烂摊子，奇怪现在的数学先生和补习的蒋老师教得这么好，我却是愈发地不去读，太任性了，以后还是该留在学校读的，免得一回家就被家的温情给缠死了。

最后一堂课老师开会，我就和小静去荡。先到金陵一口气吃了四个热起司，刚刚出炉的。然后再逛城中市场。我最喜欢到市场了，从小就喜欢，看菜摊上种种刺激犯冲的色彩，翠绿的白菜叫紫油油的茄子配着，正绿的空心菜旁是一堆红艳艳的辣椒，不过到底是大自然的色，看着也不会要人想去当色盲。我也最喜欢站在小吃摊旁看店主人忙得热闹，每到市场里，才会真觉着什么是和乐升平。走过新东阳，两人又站在门口闻了好一会儿炒肉松，今天还是那个爱穿短裙的小姐镇守在柜台上，所以小静也不能重施故技："小姐这肉松是咸的还是甜的？"然后抓一小撮尝尝。

死党中，我最喜欢和小静一起荡，因为不管我怎么提议，小静总说随便，然后什么都由着我。有时才进了补习教室，瞧瞧外头的天色太好，就又背起书包吭登吭登地走下四层楼，小静也不多问，两人一起到植物园看荷花，静静地看一下午，也许打瞌睡，要不到植物园后头的狗鸟店去。鸟店有只爱说话的八哥，不过说的都是闽南语，我们也听不懂。我和小静都喜欢狼狗和牧羊犬，碰到狗店正巧有的话，我们又要玩上好半天。其实我和小静真正熟起来是在高一下刚开学的时候，那几天奇冷，报上说七星山下雪了，招兵买马了一上午，只有我和小静拣着那天是星期三小周末，两人死活不顾地杀上山去。我们没到过七星山，所以只好跟着路上的人群走，两人的衣服都单，脸给冻得红扑扑的，这才突然发现小静人很好看，像邵氏的何莉莉。一路上，老碰到下山的人们，都叫我们回头，因为真要上去的话一定是天黑了。可是我们也不管，两人很有默契地埋头赶路，只是碰到下山的车子时会急得跺脚叫。因为但凡大大小小的车顶上都堆着笑嘻嘻的雪人，他们怎么可以这样拿我们的雪！最后雪是看到了，而且两人都抱了一大袋，等车回台北的人多，我们抱着雪直打颤，打了一晚上，心中只想着回家给爸爸看，爸爸好多年没看到雪了。

我和小静算是共过“患难”的朋友呢。

离补习班的时间还早，两人又继续乱荡，荡到一家中药店。我一向最喜欢到中药店，不光是因为它总有一股阴凉涩香的味道，我喜欢看看小海马干，咖啡色的灵芝草，药酒里头的全蛇，快成人精了的人参，截成薄片片的鹿茸。到了中药店总不怕东问西问这是什么那又是什么，然后负着手，踱着方步慢慢地看，中药店的老板脾气都特别好，大概时间到了这里都蹑着脚尖走罢。

两人好不容易荡到南昌街，正倚在面包店门口吃第三个咸面包，有个男孩在我面前来回晃荡了两次，我戴上眼镜，打个照面，原来是李周！中横的好伙伴。冬天的时候，我和乔走中横去，一回中饭的时候，我想跳到小石墙上坐着休息，却是身上衣服太厚，背包太重，跳了两次人还在原地，这时李周走过来，一言不发地撑着我的膀子一举，我就好好地坐在小石墙上了。就这般才认识李周，却也不觉得他唐突，因为他的举动很像哥哥，后来知道他果然有五个妹妹。在洛韶的时候，我们聊到很晚，大概是真觉得溪水洛洛，韶光易逝，李周聊的也都是爬山骑单车摘果子的事，但是他说起来又与小童不一样，我很喜欢看他说话时候脸上的神采，真就是个健康的男孩，我要的那种哥哥。我在天祥的粉蓝溪水上看过李周，在青梅树下看过李周，在《拉丁美洲之夜》的舞步中也看过李周，但就是没在灰灰闷闷的台北市，所以不想说话，只想跟他说声再见。李周瘦了，李周也高三了，而且终究不是我哥哥。

今天补习只补到七点就下课了，因为明天成功的要月考，他们要求提早回家KK书。我和小静也不想回家，坐坐〇南，中途又在台大下了车，晃晃荡荡进得校园，两人也不说话，但是椰子树哗啦啦地响着，我知道小静也在想些什么，於梨华的《焰》里头，莫迪看着夜晚椰林道对修慧说："发誓我一辈子都爱死这个学校！"

我们都叫物理老师红小姐，因为她爱红色，爱穿得一身红，红色的衣服不说，红短靴，红皮包，红宝石戒指，红发夹，连那手指甲也漆成了红色，真是能红的地方都红了。我们都喜欢上她的课，听她漫漫地从南京老家讲起，然后一会儿就把我们带进一个奇妙伟大的世界里去，让人一下就和牛顿、爱因斯坦平起平坐起来。不过红小姐今天讲的是宗教，对神和宗教诋毁得很厉害，可是她的理由也很浅陋，完全是因教会和教会中人给她的一些恶劣印象。我想到孔子尚且说不以人废言，我们怎么能以人废神呢？红小姐也有她的很多话，放了学，我们还在走廊上辩，从宗教到经济到政治到我们的国家。人们怎么会有这种想法呢！中山先生说的，革命尚未成功，同志仍须努力。辛亥革命恁大的事业成了，中山先生尚说革命未成功，我们就当了解，中山先生要革的岂止是满清一朝专政，只是泛泛的野对朝，中山先生要革的乃是天命，是世界潮流。我们读三民主义都会知道如何答这个问题，革命一词最早现于我国何书？《易经》。但是不多同学用心想过中山先生为什么那么重用革命这个字，《易经》是一本教人动的书，在险中，却仍能大亨贞，处处见生机，处处能不受因果律的束缚。现在我们都能滚瓜烂熟地说中山先生的这句话，革命战争的成败，精神力量居其九，物质力量只居其一。教科书和八股文章上也处处提革命，革命精神，革命战争，但革命一词在社会中僵化的僵化掉了，讳言提及的人仍讳言，我们今天真辜负了中山先生的一片苦心，其实何止是这一端呢？每每读中山先生的三民主义，总会很想哭，想中山先生在那时的孤单和不被了解，而且到现在也还是，也许除了爷爷吧，爷爷这样说过：

今世纪初三十年代这一段，真是人类知性的辉煌时代，量子论与相对论引导出了原子核与素粒子的发见，西南亚细亚的地下考古证言了世界文明史的正统是在中国，而中山先生的政治论则是为现代世界的政治与产业开了一条路。三者之中，量子论与相对论最收了成功，世人无论知与不知皆对之敬仰。至西南亚细亚的地下发掘，是至今尚闭锁在考古学者的专门框子内，尚未一般化到足以影响现在以西洋史为世界的正统的错误与观念。而唯有中山先生的政治思想至今尚极少人真正能从学问上去接受。

史上凡新出现的大思想，皆是独自把来完成的，与时俗一般人的想法不合，所以要经过一段时间才为世人所承认。大抵科学上的新思想是经过少则五年，多则十年二十年，得到了天体现象的证明，或实验室里的证明后，即可得科学家的承认，于是大众亦随之而承认。但是哲学上的新思想不可能像科学的证明，往往要经过百年乃至三四百年始为世人所承认。孔子的与释迦的思想都是如此。

文化人有句浅薄的话是：中山先生的三民主义等已是五十年前的东西了，现代世界天天在进步，这五十年来人家早已越过前面去了。但是这话不对。五十年前的量子论与相对论今天依然是新鲜的，中山先生的思想亦如此。量子论与相对性理论今虽发见其是不完全，但在物理学上至今仍被应用。而中山先生的思想则还比量子论与相对论更伟大，没有一点不完全。虽然有些地方是未成功，但未成功与不完全是不同的两回事。

除了浅薄的时代进步说以外，学校的先生们与学生们的科学的观念上、民主的观念上，与历史学的观念上，不能接受中山先生的思想。至今学校教的是十九世纪的科学观念，如物质不灭论与力学的秩序论，物质不灭则不生。然则中山先生怎么说是生命的宇宙观呢？中山先生又怎说是王道呢？但这皆是十九世纪的旧科学知识，今世纪的物理学可是从素粒子的世界的诸现象，发见了物质是生灭的。又则今世纪五十年代的天文学，发见了天体的秩序乃是大自然的意志在维持，而诸力关系则惟是其结果的一部分表现。中山先生的思想是与十九世纪观念相冲突，然而为二十世纪物理学上的与天文学上的发表所证明了。

历史观亦然。学校今在教的仍是以西洋史的为正统，从而政治学、经济学等皆以西洋的为正宗，然而中山先生的思想是以中国史为正统，以中国的政治与产业的道德与性情为出发点的，学校的先生们与学生们又如何能接受呢？可是今世纪考古学上发见的史料证明中山先生的是对的，世界史的正统在中国。

《建国方略》发表于民国七年，《三民主义》发表于民国十二年。而五四运动起于民国八年。五四是所谓对西洋文化的启蒙运动，只听得一片声喧闹说要科学民主，可是对于就在这前后出世的量子论与相对论以及中山先生的政治论，当时都反为忽略了。而及至五四运动的喧闹刚要告一段落，大家可以静下来看看想想的时候，接着左倾思想上市了……

五四运动与北伐的潮时一过，文人学者亦有静下来做学问的，但他们做的是西洋学院派的学问，凡百观念是十九世纪欧洲的，与中山先生的新思想新学问合不来。他们以为中山先生的思想不够深刻，不以之为对手。这批人是今时教育界学术方面的代表者，他们抑或发表时论，都是些极浅薄的民主云云，浅薄得与他们的地位不相称。

中山先生的知难行易学说是从《大学》的格物致知而来，更承孟子之先知先觉，以为唤起民众之革命。宋儒言性理之学，不知性理之学乃可见于革命，真是二千年来从未有人能言性理如中山先生的。孟子言义利之别，而中山先生以之见于民生主义，孟子言王霸之别，而中山先生即以之见于民族主义，圣贤之道乃可以如此地行于今世纪的现实世界。

中山先生是真的知了，所以能行。中国文明的造形与实行方备于《礼经》，而从来亦未有人能言《礼经》如中山先生的。人皆知中山先生之言“天下为公”是出于《礼运篇》，殊不知民权主义之言政权与治权，及建国大纲之言国民大会，其根柢是出在《周礼》王制的王官与王民。《建国大纲》里的训政，又是承传《尚书》与王制的政治是教化的深意而来。柏拉图的哲人政治的理想，而中国文明则真能有现实的知性政治的制度。

然而今时学兼中西的学者乃至儒者们并不以中山先生为有学问。譬如造桥，学问是施工时搭的棚架，桥造好了棚架就拆除，他们见没有棚架，以为没有学问。中山先生是大学问者而不被学问所染者，身上没有学问的标记。日本有一家售西洋书籍最大的店叫丸善，丸善书店曾统计过在亚洲的个人顾客第一位是中山先生。

西洋史上没有民间起兵出身的帝王，民国的文化遂说刘邦与朱元璋是流氓，以前宋儒亦全然看不见汉高祖与唐太宗，但那是还有道学者尊于王者的成见在内。以孔孟比刘邦朱元璋是谁大，这似乎没有得比，但亦不能一言断定是孔孟更大。没有王者，无以创始，而若没有孔孟之学，则无以成之。创始者天，成之者地，还是王者为天，王者之师为地。而且学问亦是一碍，而惟王者能无学无碍。所以孔孟皆对王者有敬意，不如后世宋儒之以道学为自大。孔孟的伟大，是处在学问与非学问的边缘。秦以前无民间起兵，或许孔孟作为王者而兴亦未可知。所以后人称孔子为素王，我想是很能合孔子的心意。然而史上真能兼学问与王者为一的，太古方伏羲，而其后三千年则惟周文王与中山先生。

而今我们要怎样把来恢复革命精神呢？……我亦不知道，只觉到，但凡要做一件大事，一定得先有个大大的气象。

没什么事，最近很像大陆气候，干干爽爽，早晚都凉得紧，中午却有好舒服的太阳。卡洛和我也不约而同地戴围巾了，而且两人的围巾都是同一个味道，毛呢子的，我的是暗混混的绿色灰色交杂，她的则是可口的咖啡奶黄一块儿。卡洛送了我一张在南海路看坦克时照的相，是我躲在植物园的铁栏里替她拍的，卡洛神气地站在坦克前，很有种兵气，我很喜欢的，就像我的一条牛仔裤，后头有些金属环环什么的，走起路来总是铿铿价响，让人想到孙夫人房内设兵，而玄德心常凛凛。卡洛在相片背后写了两行字，To Missouri 小虾 From Cambridge 卡洛。我们发过誓的，我要读新闻，她读政治，而且卡洛很小就打定主意将来要读剑桥，那么自然我就读密苏里了，两人将来要好好地做些事。

做完礼拜就去学校念书。外头的操场热闹得要命，校庆快到了，她们大约是在练大队接力吧，操场上跑道的白线好鲜明，我突然放下书，跑到光复楼二楼那个我和猫咪的“往日情怀”的窗口去看，依然什么都没变，可是我却没什么感觉了，大约天候太冷了罢。

下午在校门口会了小静、橘儿，本来我们准备今天杀到阳明山赶看枫红的，可是天变了，而且飘些雨，三人就改去活动中心看青商会主办的民谣歌曲比赛。我一直坚持等到完了才走，不光是因为我爱听他们唱，我尤其喜欢女孩甜甜懒懒的嗓子、长长飘飘的头发，两手闲闲地插在牛仔裙的口袋里，男孩在一旁抱着吉他，闭着眼，会想到三剑客，小瀚和宜阳，而且想到小瀚的话，眼前自足一片好景！告诉小静，大学里，我一定要狠狠地谈它几桩恋爱。

体育课，上土风舞，张老师这会儿放的音乐是《星与花》，是个女孩儿要当陀螺的舞，乔记不清该如何带，就让张老师带。一个转完又一个转，我瞥见乔在一旁的神色，想到一回我和小童走过重庆南路，正巧碰到在书店门口看书的乔，小童说，乔的神色正是斜柯西北眄。是不是当下我该语卿且勿眄呢？……不知道啊。

张老师是学校有名的体育老师，不知道是因为他的严，还是因为他的相貌。他的相貌很好的，像西方人，毛发很浓，轮廓深，眼睛又黑又亮，不过他常给我种很奇怪的感觉，有时好像很深沉，有时又真真浅薄，因为他爱与班上同学斗嘴，虽然大都是他有理，不过还是很不妥的。我想到寇监督的话，一个人的行事不与他的身份相称，就是卑贱。但是张老师还是个很好的老师的，而且舞带得也不错。

天人交战了一整天，放了学还是忍不住背起书包和橘儿、小静去吃金陵，逛城中市场，且待明天留校读书罢。不过逛着逛着我又想去那家中药店了，还好橘儿晓以大义，明天还有好几科要考呢，三人才怏怏地走到重庆南路等车去。

晚上草草看完书，就躺在沙发上听爸爸吹箫，吹的是《阳关三叠》，真是牵牵密密的无了时，一会儿宜阳打电话来，爸爸接的，我想到《阳关三叠》的回回返返，也好不可怕，就装睡，爸爸挂上电话，说，宜阳问你除却巫山不是云的含义……困了，累了。

做了个梦，我在一个干凉淡绿淡紫的世界里，先是宜阳、小瀚和我坐在阳光的草地上野餐，是个英格兰的春日，然后他们赛马去，我的丈夫，是个很强很强的人，他在看个红衣服的女孩，后来我一人在池边怅怅地唱起一首小夜曲，“Like golden dream”……一会儿他还是回来了，骑在一匹高高的白马上，弯下身来环住我的肩，像白瑞德一样。

今天果真留在学校读书，效果之好的，八点就回家了，下了47，看到一天闪烁的星星，想到前两天才在《读者文摘》看到的一篇文章，说十二月的夜空是最璀璨的。这时忽然好希望宜阳在身边，他会认好多星星的，指给我看，喏，那是猎户星，猎人脚头的那颗挺亮的是天狼星，天犬星座的 α 星，再过来点是双子星，那团蒙蒙淡淡的则是七仙女……我也要指给宜阳看，那头大大亮亮的七颗是北斗，由天上迤迤逦逦到我们家后院的柳树上了。

下午全校要练校庆开幕式，中饭有两个钟头空档，小媛说要带我们探险去。小媛是斗六来的外地生，性子刚烈，三天两头就见她搬家找房子，“又拆伙儿了”，她指的是和房东。小媛在班上一直是个很奇怪的角色，有人很烦她，不喜欢她，也有人能跟她处得好，疯疯癫癫的一淘玩，我是后者。每每只要一和她在一起，两人就要止不住地耍宝，我也有烦她不过的时候，可是只要她叫声朱小喵，我又拿她不过了，小媛常说我像只才睡醒的猫咪。她喜欢唱歌，而且唱得好，以前在中学时是学校合唱团的指挥，舞跳得也很好的，芭蕾舞，而且有一双长长漂亮的腿。两人纠缠了一年，结论是进了大学后一定都要参加国剧社，而且拣丑角演。

小媛现在寄居在中山南路和信义路夹着的那个大村子，就是正打算建中正纪念堂的地方，房子快要拆了，小媛房东的隔壁是“故副总统”陈诚以前的家，是个已经荒废了的大院落，小媛老早就说要带我去探险的。

草草吃过中饭，我和小媛、橘儿、小静就大军开拔了。正午冬阳下寂静的院落，给我一种马克吐温笔下密西西比河童年的味道，此刻我要当那顽童汤姆沙耶呢。房子里头很大也很阴，客厅中间有个塑像，却是奇怪，塑像的一部分还是很新很湿的泥，好像才有人做着匆匆地离开这儿一样，我们不禁阵阵起着鸡皮疙瘩，想到背后有双纯洁的眼睛……再往里走，有一间面向庭院的廊屋，外头的庭院真是荒烟蔓草，一些牵牛花还钻过窗缝爬进屋内的地板上了，还有白白的阳光也趴在地板上，真是静，我发觉大家都故意地大声地说话，说完也还是静，更静了，只剩下我们的呼吸声。

正想打道回府，小静嘘了一声，张大了眼睛说，刚刚有个身影闪过去，橘儿也急急地说老早就听到过有开门关门的声音，然后突的四人转头就跑，没命地跑，要命我殿后！

纱门一重又一重，乒乒乓乓不知有几百年，终于跑到外头的太阳地上了，四人相顾大笑起来，还喘着气，脸颊都红晕晕的。啊！有一天我一定要写下一篇冬阳下的故事，起头要这样，那年冬天……

晚上去台映看试片，《基督山恩仇记》，很不好，不光是我一向讨厌李察张伯伦，这是个太老式的电影了。另一部是彼德奥图的，Murphy's War，要表达的东西是不错，就是表现太糟了，看得我和妹妹恹恹的，两人大吃一场去做补偿，我吃了三碗的蚵仔面线，今天不知怎么会这么累，想，或许是天暖暖的，有些五月天的味道，或许是因为昨天宜阳信里的那句话，好女孩，好久没有人叫我好女孩了，我连兴奋也不记得是怎么一件事了。

一整天就歪在沙发上，昏天黑地地看了三个长片，《费城故事》、《金石情》、《陌生人之恋》，看了《陌》觉得很激动，乱昏昏地起个念头，将来若被婚姻烦不过，干脆就嫁个头脑简单粗枝大叶的人好了，现在实在太怕细细密密的东西，的人，我但愿全天下的人都缄口不提人生，生命。今天真是个累坏人的日子了。

明天是校庆了，所以一整天大家都疯疯癫癫浮得很。

晚上和小静去中山堂听台北市爱乐合唱团的演唱会，爸爸、姊姊、妹妹也去了，因为妈妈是爱乐的团员。节目分两部分，前半是韩德尔的圣乐，后半则都是POP，我尤其喜欢看妈妈唱POP时，圆脸尖下巴的娃娃脸在众人里一点一笑的，脸颊红扑扑的，怎么都看不出妈妈的年龄是任一个团员的两倍。妈妈爱唱歌，能参加一个好的合唱团一直是她的心愿。今年夏天的时候，妈妈在报上看到爱乐招考新团员的消息，鼓了好大的勇气才发狠心去，还拉我一起助阵去。考试的时候，妈妈老想打退堂鼓，因为，他们都那么年轻！爱乐是几个大专学生完全凭兴趣创办和苦心经营的，参加的人大都是还在念书的，还好我一直拽着妈妈没让她逃成。

考试的自选曲妈妈选的是《嘉陵江上》，“那一天，敌人打到了我的故乡，我便失去了我的家园、家人和牛羊。如今我徘徊在嘉陵江上，我仿佛闻到故乡泥土的芳香……”音起低了，妈妈闭着眼专注地唱着，是种沉吟的味道，我看了很想哭。妈妈的童年是在台湾日据时代，孩子时候无知，最恶毒的骂人话不外是，你是罗斯福！你是宋美龄！可是这样的环境出来的妈妈，她那种爱心和信心常让我都汗颜。妈妈的爱心信心是无名目的，她总说，我们山东老家这样我们山东老家那样。每回一家人走在阳光的路上去做礼拜时，妈妈总会走两步蹦一步地说，将来回去后，我们也要这样子带爷爷奶奶做礼拜去，做完礼拜再去大吃一场，妈妈从来不想爷爷奶奶已经九十多岁了。

校庆，和天气一样的是金风淅淅，白露泠泠。

猫咪是仪队，我们拥在场边叫她，她趁着变队形时对我们皱了一下鼻子，但是人笑得不很开朗，我知道这是她们最后一次的表演了，以后就要交给高二的，是会怅怅的，连我都会。我记得猫咪第一次穿上仪队制服时是去机场欢迎赖索托总理夫人，去年十二月六日，猫咪穿得挺挺的，很好看，我笑说要送丈夫上战场，猫咪说她要唱《年轻的兵》，两人匆匆乱笑了一场，猫咪就走了，亮亮的白色靴子咔咔地敲响在光复楼的长廊上，我倚在教室门口看她，真觉得自己是个年轻的妻子。

猫咪我背一首太白的诗给你听，“妾发初覆额，折花门前剧。郎骑竹马来，绕床弄青梅。同居长干里，两小无嫌猜。十四为君妇，羞颜未尝开；低头向暗壁，千唤不一回。十五始展眉，愿同尘与灰；常存抱柱信，岂上望夫台？十六君远行，瞿塘滟滪堆……”猫咪，我们是十七岁。

小鬼带了相机来，死党一串人就到处照，真有些离别的味道了。照到法院前头，有个卖棉花糖的小贩，我们一人要一支，等着大家拿齐了一块儿照相，可是风太大了，糖化得快，等最后猫咪也拿到时，我和小静的棉花糖已被风吹成一支空棒子了。小鬼也哭丧着脸，她的棍子上头只颤巍巍地挂着一小团灰棉絮了。照完相，我还是舔了舔，只觉到竹棒子的涩涩青青，糖汁都粘到手上去了，好不惆怅。

傍晚和卡洛和她的弟弟政宏去新声看《牢狱风云》。政宏我已经看过几回，建中高一的学生，长得比卡洛要秀气，总是静静不说话，后来想想，大约是卡洛家的女权太嚣张了，卡洛家的女孩不是读法就是攻政，而且个个都是独断独行的O型，不过我相信政宏还是个很能掌握自己的男孩，看得出的。

也不知道电影好不好，因为中途打瞌睡打打睡着了。最近人老是累累的，不禁有些担心自己身体，我的肝不太好，这两天开始吃药，糟糕这药的副作用就是想睡，再加上寡人有疾——见了床就睡，搞不好高三这一年就往事已成空，还如一梦中了。卡洛的身体更糟，小毛病特别多，胃不好，头到了每天下午就要有偏头痛，而且卡洛的皮肤是书里说的吹弹得破，常常从教室门口走到座位上，手就给桌角打掉一块皮，也不见血，卡洛还说，好好玩。

晚上我们去中华体育馆看西班牙孤儿马戏团表演，我们的位子是在场子里，看是比谁都看得清楚，人却也给贝斯鼓声震昏了头，可是气氛是真好，热闹又紧凑。最后他们每一个团员都拿一朵红玫瑰献给观众，有两个男孩也走向前递了朵给我和卡洛，我很喜欢他们的相貌，有人曾经说过西班牙是全世界最漂亮的人种，我不知道，只觉得西方人但凡是黑发黑眼的都好看，女明星里的伊丽沙白泰勒、娜妲丽华、安玛格丽特就是。

回到家，接到李周寄来的一片枫叶，不大，红通通的很完整，我把它迎着日光灯看，想它在阳光下的样子，写完日记，把玫瑰和枫叶都给夹进去，关上一个浓浓愁愁的，的梦。

早上一家人去做礼拜，在车站碰到小瀚，就拉他一道去。再祷告一次，愿天父保守小瀚，他是十分十分需要您的人。

做完礼拜去和平东路吃牛肉面和红油抄手，真给辣坏了。

晚上看长片，《雨中行》，褒曼和安东尼昆的，奇怪安东尼昆给我的感觉好像是宜阳，尤其那种深挚解人的笑，看了会难过，是个有着凉凉太阳的春日，然而我想起那圆桌武士蓝思洛对亚瑟王皇后唱的歌，依稀是这样，总有一天我得离开你，不能在明媚的春日，也不能在夜莺啼叫的夏夜，不能在萧索的秋天，更不能在寒冷的冬日……宜阳叫我感伤。

天冷得气死人了！但愿太阳早早出来，让我好好地生活、读书。

又起晚了，不去上课了。这两天都是这样，旷课也不管，成天跟爸爸坐在电暖炉边，爸爸写稿，我则坐在小板凳上抱小蓝玩，小蓝是最近家里新收养的小白猫咪，有对水盈盈神经质的蓝眼睛。我很喜欢这样的日子，像回到小孩子时候，我和爸爸这样坐在炉火边，爸爸翻开一本书，念给我听，说的是女娲补天的事，所以至今我仍喜欢捡石头摸泥土玩，因为我摸的是天空也不定，而且我可以就是那女娲。妈妈更常陪着我们过冬，念爸爸的小说《锁壳门》和《狼》，到现在我还常常想到那一片凄迷的黄沙，因为爸爸这样写道：

一眼看不到边际的黄沙，天连接着地，地连接着天，寸草不生。覆盖在这巨大的旱湖上的云天也显得异常的低沉。老黄河曾经冲进这片旱湖，打这片土地上掠走了不知多少人畜和庄稼。年代被遗忘了，老黄河流下的黄沙，埋葬了土地和土地上的生命，一切的生机似已放弃再跟灾害争战，千古万世自绝的黄沙，埋葬了土地和土地上的生命，一切的生机似已放弃再跟灾害争战，千古万世自绝地隐入地层的深处。

在残冬的风季里，狂风就会不分昼夜地呼啸，黄浑浑的土雾遮去日月和星辰，天和地就迷失了……

妈妈常跟我说，我们是中国人，我们的老家在山洞（山东），我不太懂的，我知道到阿婆家时火车要过好几个山洞，我们的老家难道就在那黑漆漆的山洞里吗？

晚上天空晴起来了，有月亮和星星，今天的月亮像荷包蛋，周围混混的不甚清明。

体育课，考仰卧起坐，我可真丢脸极了，做了两个就倒地不起，任橘儿在一旁急得跳脚，替我按腿的小苏如何做手脚，我还依旧是个扶不起的阿斗，如此就完了。

放学和小静、卡洛、阿桂、政宏去国宾看《教父》下集。也很好，不过我还是喜欢上集，大概是马龙白兰度的演技太夺人了罢。奇怪电影在中国为什么老成不了“艺术”呢？常听爸爸讲抗战中和刚结束时的中国电影是真有不少好东西的，怎么现在变成这样惨不忍睹呢？或许该怪邵氏兄弟罢。

今天和小静约了到学校读书，读数学，读得昏昏沉沉的，满脑萦绕的都是盘算中饭要吃煎包还是韭菜盒，要不跑远些到国宾后头的老山东吃家常面也可以，新声对面商场二楼的温州大馄饨也好久没去了，小静看着我痴痴的模样不禁笑出声了，我才发现我的数学计算纸上正涂满了这些吃的名目，我看我是没救了，真个是脑满肠肥。高二根本没接触过数学，这会儿也提不起劲去读，放弃掉算了，专心读些别的，像英文，我很喜欢英文的，读读英文我会对自己有信心得多。哎呀不管了。

晚上全家到张永祥叔叔家吃火锅，有痖弦叔叔桥桥阿姨，伯武叔叔小曼阿姨，叶珊和少聪。要是宜阳在多好，他最喜欢叶珊的散文的，他曾经念过好几回《德惠街日记》给我听。今天我也喝了些酒，大半瓶的慕尼黑啤酒。伯武叔叔则又是微醺，依然激动地在谈音乐，像那段还在打光棍常跑我们家喝酒聊天时一样，从冼星海、聂耳聊到顾家辉，我好喜欢听和看伯武叔叔唱上两句歌，然后哗地眼泪流一脸，看他吃完螃蟹就把腥糟糟的手往西装裤上一抹，要我是小曼阿姨，我是不嫁伯武叔叔的，因为我怎么比得上他的音乐和中国！

夜深时，我们一家人唱唱和和地回家，且把山上的鬼儿都给吵醒罢。我也夹在妹妹的女高中叫了声，啊哈，吾本楚狂人，狂歌笑孔丘……像平剧里挥洒的花脸，其实我是很爱孔子的，而且也敬，不过我太喜欢头一句了，吾本楚狂人！

一早就被训导处急召去了，召的人是负责学生出席纪录的齐老师，她有一口流利的京片子，让人一听就先觉理亏，很吓人的，不过这回是我的不对。“你个区队长是怎么当的！这样子包庇同学，我就不信还有哪个班级跟你们班上一样天天全勤！”原来我请假和迟到昏头了，升旗点名什么的压根给忘光光了，我只好据实说了。

“这还是理由呢！看一看啊，你们班上这个二十二号，上星期居然迟到五次，另一天还是旷课！你这做区队长的也由着她！”呃，二十二号，“对不起齐老师，我就是那个二十二号。”齐老师气得把我推到主任教官面前。弄了半天，据说要记一大过，其实也没关系，记到我的糊涂账上也好叫我以后振作精神来做班长，不过我不喜欢听教官口口声声说包庇同学蒙骗师长，那是个黑暗污秽的罪名，我不要的。终归我还是不喜欢也不能当班长，婚丧喜庆都得跑不说，最要命的是我的办事效率奇差，老把班上的事搞得一团糟。不过我也有我的理由的，毕竟我不是当区队长的料。

今天是圣诞节，天气冷冷干干的，大概窗子都关着吧，同学的脸都闷得红红的。我们在每一科老师的桌上都放张圣诞卡，真喜欢看他们打开卡片时候的神情，我想到小高一时的庆祝方法。是在每一个老师才踏进教室时，就全班一起唱英文老师 Miss 萧教我们的歌：

I wish you a merry Christmas！
I wish you a merry Christmas！
I wish you a merry Christmas！
And happy new year.

每一个老师总是在讲台上傻兮兮地笑，唱完大家总也止不住地笑，也不知道为什么，而且个个的脸颊上都红扑扑的，我永远不忘记阴暗的敬学堂里那个美丽的时刻。邓细心，也给以前的英文老师送了张圣诞卡，但愿他能永远好好的，因为他那么好。

放了学，也不急着回家，和橘儿、小静去长沙街周至柔将军的寓邸门前看枫树。这棵枫是我看遍了台北市后公推最漂亮的一棵枫，它不像别人由绿转红时会立即变得枯焦焦的，它总是完完整整地红到底，很好看的。这棵是卡洛发现的，发现的第二天就硬把我拖来看，两人也就静静地在树下痴痴地看，好半天，路边聚了些路人也在仰头看，可是看看就走，多半不晓得要看些什么，现代人的悲哀吗？啊，没想到我要反讽了，不大好。卡洛说我们是三朝元老，的确不差，47 路都过了三班车了，47 一向最难等的，最快也得半个小时才有一班车。

最后我和小静、橘儿又不忘记走了趟重庆南路，年年重庆南路上的圣诞气氛都最好最纯洁了，整个店都通亮通亮的，整条街也回响着圣诞铃声轻盈的乐声。从街这头荡到那头，我只买了一束银色薄锡丝丝，爸爸该在家里布置圣诞树了。

家里只有宜阳一个客人，他和我们全家唱了一晚上的圣歌，爸爸是 bass，妈妈和我是 alto，姊姊和妹妹是 soprano，宜阳则是唱 tenor。然后爸妈在客厅里听音乐，我和宜阳到外头院子看天空，像个老式的故事。

今晚的星星都冻在天空上打哆嗦，宜阳指给我看猎人和参星，宜阳最喜欢猎人的，他还曾经写过一首诗，《猎户星》，但是我更喜欢他的另一首，《信约》，宜阳认为不好。

院子里有玫瑰花香，有《马赛曲》，想到拿破仑和遥远的马赛，想跟宜阳说，他却突然一把抓住我的手，我们要沉默一段日子，到联考，好不好？我赶紧点点头，这原是我但愿的，因为我是个好女孩，我也喜欢当个好女孩，所以我不要伤任何人，日子再下去，我会伤人的，一定会。宜阳总是让人难过，不过我要天父保守我做个乖宝宝，如同一向的。

爸爸妈妈给我的圣诞礼物是一本很漂亮的《圣经》，爸爸在扉页上写道，信、望、爱，其中最大的是爱。静静的深夜里，我打开《圣经》，从《创世记》开始，看亚当夏娃，看该隐亚伯，亚伯拉罕，儿时趴在妈妈膝上听马槽圣婴的日子好像又出现，我赶忙趴到床边的窗上祷告，愿天父保守我们一家猫儿狗儿，我的海棠叶，天下千千万万的世人……月光笼在我的身上，我合上眼睛，相信自己现在是一如马槽里的圣婴一样的纯洁的，山风微微地吹起来，软软凉凉的，我不敢睁开眼，怕惊破这世界的祥和，天父白白长袍的衣摆正拂着我的脸颊，我一动也不敢动，笑了，只等着天父带我凌空一飞，飞到那宝蓝的星空里去，这回不是梦了。

下午正在看长片，乔和魏哥哥和丁庭宇来。魏哥哥就是前些时骗我要用功，不要常跑台大玩，免得会把原该在台大待的数给提早用尽的，但我是很喜欢他，不光是他的儒雅温文，和一副生来就该被人叫魏哥哥的模样，他对学问很有一种死啃的心，很好的。

一个傍晚，只见丁庭宇热烈地与爸爸谈政治、谈国家、谈青年人在做着的事，我是很喜欢他那种有志气和爱国狂热，不过听听他的话，丁庭宇跟我一样还要多多用功的，他让我想到一个说文章是小道不足为而人称他是个很有才华的男孩子，那个男孩能把当今国际的微妙关系分析得极清楚，他也能如数家珍地把苏俄边境现在的布军情形和其间势力的消长记得一清二楚，但是听完也就完了，是爷爷说的，“如今的社会人只知条件，他们讲的机会与时机的机亦其实只是条件。机是在于阴阳之气之动，而条件则只是物质的。对于机是要靠感觉，而对于条件则只要搜集并处理情报，用电子计算机亦可就这些条件判断形势。但现在最不明白天下大势的是美国人与苏俄。西洋史上，罗马帝国一旦被毁灭于仅仅数万野蛮民族的入侵，事后就当时的条件来解说，是到底亦不能解说得确切的。”这样并不是说不要搜集处理情报，用电脑来整理，而是，凡事都该知其白守其黑，世事若真用电脑就可计算得清楚，这个生活我可是不要过的了，连对于未知的一点意味都没有！

爷爷讲机讲得最好，禅宗《碧岩录》的第三十一则“麻谷振锡绕床”最是见得，第三十一则的原文如下：

> 举：麻谷持锡到章敬寺怀晖禅师处，绕禅床三匝，振锡一下，卓然而立。
>
> 章敬云:是是。麻谷又到南泉禅师处，绕禅床三匝，振锡一下，卓然而立，泉云:不是，不是。麻谷当时云:章敬道是，和尚为什么道不是？泉云：章敬即是。是汝不是。此是风力所转，终成败坏。

爷爷说，原来的佛经讲是非皆幻，与是非不二。禅宗却说有是有错。佛教是否定动，中国的禅宗则肯定动，是与错是从行动而来。

爷爷的话就是这样的处处打中要害，而且是中国的。记得刚看完鹿桥的《人子》那篇时，总觉得冥冥中有不对，却百思不解。《人子》是讲印度的一个小王子学道归来，还要通过师父给他的试验，他师父化为善恶二身，命他斩恶活善，小王子迷于辨别，不忍下手，而时机已过，他遂被师父一剑斩了。小王子是与其错杀善人，宁可自己被杀，以此而得成道。爷爷则说，那是婆罗门的哲理，倘是汉民族的刘邦，他会当机立断，一刀砍去，斩对了是天幸，斩错了也是天意。这才是历史的响亮。是非成毁系于一发之际，是可以一声号令，拔赵帜易汉帜，大风吹历史的洪波，使之改变流向的。

最近迷上了吃国宾后头老山东的家常面。每天放学后我们都留在教室读，橘儿教我数学，她不准我放弃，我教她英文，然后两人一起教小静读史地，因为小静高二读的是自然组，这会儿才读起史地来甚是头大。天冷了，同学都爱一放学就往家里跑。常常偌大的教室里就只剩我们三个，却是满快乐的，边读边想又热又辣在冒着烟的家常面，愈读愈饿，最后三人一言不发地收了书包就跑，跑到学校后头坐公车，坐到老山东去吃家常面，这次要叫大碗的了。

看完《创世记》，想约瑟大约是A型。

考虑了好些天，今天和橘儿决定去配软性隐形眼镜。我近视度数有七百度，却是不喜欢也不当戴，因为我的鼻梁不高，重重的眼镜爱往下滑，滑到鼻头才勒马，成个老婆婆的模样好不可怕。其实不戴眼镜的近视日子也满好的，天天都像在梦里，而那大专联考也变成个白白糊糊的大门，朽朽松松的，亦妨不着我的路，姊姊则说拿下眼镜会想到宦海浮沉。

做完礼拜我陪姊姊去逛书店，走在大风中的红砖路上，我总是习惯性地要时时护着姊姊，不让她给行人撞到或是给路上的洼洼坑到。听妈妈说，很小的时候，姊姊是个疯丫头而我不，可是只要在外头玩，我总是时时要保护姊姊，不准人欺负她。现在的姊姊则不是疯丫头了，她长得极古典，白白的瓜子脸，眼睛大大黑黑的，微微往发鬓飞去，小小红红的唇像菱角，她对人情世故最是无能，在人与人的场合里，她简直是个幼稚可怜的小孩子，要人一步一步地软和小心地呵护，但在学问和文学的领域里，我又要趴着仰脸看她说话了，我喜欢听她说话，虽然也是这个那个虚字一大堆，但是都说得对，说到颜元叔，颜老师的西洋文学造诣的确是现代中国的翘楚，但是颜老师那种以西洋文学为自己人生观的本位则是不对的，因为我们是中国人，当站在中国的本位去学习吸收西洋文学知识。即是要读五经四书以为根本，而以分别的眼光去学西洋的知识，如此才能生出我们自己的新思想。

这同样不是指要摒弃西洋知识，而是我们是中国人，必须先得站定自己的本位，当然这不是就否定了颜先生的爱国心，但是颜先生以为必须深受西洋文学熏陶者方算是能一窥文学之堂，这则不对了，颜先生当留意不要爱之适以害之也，爱中国要爱这个国家，尤其这国家的东西可能是世上最难得的珍宝。

今天是橘儿的生日，一月十日，我们依旧照往常一样去士林吃一遭，再走长长的中山北路回来。由于过两天还有几个复习考，不好找比较用功的邓和猫咪，下午就橘儿、小静和我三人了，也不孤单，因为今天的天空好蓝，阳光也在一旁跳闹着。今天我们终于发了那个誓，在“我家”冰果店里，要考上台大，而且在暑假教会橘儿单车，好叫三人一起在椰林道上飞四年。

临离开士林的时候，我在路口买糖地瓜，那是爸爸爱吃的。背后有人拍了拍我的肩，我转过头去看，一个长长头发的男孩,也不说话,只是冲着我直笑。“糟糕我不知道你是谁。”他把头歪了歪，一笑，阳光洒在他脸上，是，是小童……

噢……好一会儿我都不记得他说了些什么，依稀是我先说你头发好长，他说原更长的，到肩膀了。四周人好吵好挤，是星期六，周末，风好大，我来不及地拂开脸上的头发，想到《往日情怀》里的最后一景，形色落魄却仍然执著理想的芭芭拉史翠珊在冬天大风中街头碰到劳勃瑞福，然后该是音乐响起……可是这会儿该如何呢？落魄的是小童，我不是说我知道小童是个高四生。小童你现在还跳舞吗？小童也没说话，脸好瘦，我想他也许很用功的，因为他到底是个聪明的人。

“你读得怎么样？”“很好。”大约不是谎话罢，我答得很快。

要走了，小童也不说话，只是笑，只是笑。一会儿，我们就各自回头走了，也不难过，不知道是因为今天是个太好的天，橘儿的生日，大风大太阳的天，还是世事原都是好的，虽然曲曲折折。

我们又走了一次中山北路的红砖路，还是发誓，我最多，最愿意。

魏哥哥知道我爱看电影，今天就请我去景美戏院看一部以前我没看过的好片子，《男欢女爱》(*A Man and A Woman*)。魏哥哥现正念地质研究所，这回是当了助教第一次领薪水。去之前，魏哥哥一定要去替我借件外套，因为我刚从学校下课赶来，还穿着制服，可是应该没关系的呀！我说。进了戏院才知道真有关系，放眼望去，满院全是男的，没见一个女孩，大约是这部电影的名字译得太引人遐思，而且这部片子之前还有一部略黄的片子，裘林诺杰马的，我一向知道裘林诺杰马不好，但没想到他会沦落到这个地步，都替他难过了。

《男欢女爱》实在是真好，轻轻淡淡的却不小气，导演必是个有才情的人，我很想认识他，与他说话。不过这个片子是不能学的，世间最好与最坏的都是绝对的，不能学的，但此刻我极想学学它的味道来写篇小说或散文，一定会写得极糟，但糟得好。

晚上我一人躺在床上读书，读读却哼起了《男欢女爱》的主题曲，这曲子我原先就会唱的，是安迪威廉唱过的，但他唱得出奇的香艳，不如原曲的轻灵好，但我还是要唱 But yesterday came so suddenly with a warm and precious memories……

爷爷后天要回日本了，今天抽空下山来我们家玩。喝喝酒，聊了一个小通宵，想起小瀚说过他最喜欢《巴山夜雨》的气氛，是呀，人生千万个夜能有几次呢！听爷爷说公案、说学问、说天下大势，世间林林总总不过像翻开一页老书，话说……还有我定要记件大事，爷爷说看了我会想到《史记·高祖本纪》里子长描写高祖的话，龙颜，因为我有一个高高的额和一对圆圆眼睛，若我是个男孩子我一定是高祖不是吗？爷爷说，尤其中国的经史子集都要读，我又要急了，因为才悚然发觉自己真是空费了十七年，急啊！我该怎么好！

晚上临睡前看了一下香港的《明报月刊》，看了都哭了，一个美国记者写的。其实看看题目也约莫知道是在说些什么，但看完了才知人一迷失了心就会变得有多坏！我躲在被窝里哭，哭个不停，而且好委屈，把睡衣也给弄得烂湿，我在想自己哭得颤抖，我要复仇的！终究我要复仇的！哭完了猛打颤，这还是不够的，爬起床找了张白纸条，重重地写下，把它夹在台灯下的镜框里，我要为这个读好书，做大事，让人不敢再提这种昧良心事，就这样罢，我要读书了，经，史，子，集。

拿了《方舟》的稿费，答应请宜阳、小瀚看电影的，我们去豪华看《欲望街车》，费雯丽的，这剧本我原是看过的，当时也没觉得如何，不过现在却看得我浑身不舒服。费雯丽还是伟大的，能演也敢演，《乱世佳人》是她最漂亮的时，我没看过，只看了她老丑以后的《愚人船》和这部，却怎么两部片子都看得人沉沉的。

小瀚说，今天是三剑客认识一周年纪念，看到他那在阳光中笑得飞扬的脸，正好感动他的细心，却是黄灯一亮，他们两人一个箭步已经过了十字路口在对街了，我一人在这一岸急急地跺着脚，小瀚、宜阳两人也在对面窘窘地笑，有些幽明两隔的感觉，但是我真喜欢在阳光中看他们。

但是不是O型人都是这样呢？阎也是O型，一回我和她走在马路上，后头猛的一声车喇叭，分明很近了，阎这个大个子却是快快一跳就躲到路边了，留我一人立在马路中闷着头闭上眼睛不敢动，等司机急煞了车，再勾头出来骂人。事后我说阎是小学课本里那个自私的猎人，一看到熊就只顾自己先逃命，阎也不以为忤，只是笑，还笑！那天我们两人各抱着一本厚厚大大的《东华牛津字典》，正等着车，雨点就没头没脑地下了，我赶快把字典顶在头上挡雨，昨天才洗的头，掉过头去，阎才刚把字典给严严密密地藏在怀里免得雨淋，两人看了相互的动作不禁相视大笑起来，他们O型人就是这样……

赶去机场送爷爷，晚了一步，但这样的结果也好，我没看到爷爷走，也不难过，而且机场的落日真是好，有凉凉的晚风，还有轻轻的人声车声，三剑客并肩走在宽宽的红砖路上，我们的影子拉得好长好长，宜阳唱起《当晚霞满天》……在想，我一定要死守三剑客的友情，如同死守对小静、橘儿、卡洛的友情。

新年糊里糊涂地过了，每天都一样，晚上家里总是高朋满座，众人举杯，我也趁乱喝酒，喝上两汽水杯的高粱，然后飘飘地飞到后山，星子凉凉地洒人一头一身，躺在草地上，愿风浪就此止息，冰冰的宝蓝缎面天空盖住了我，想到东坡，想到赤壁泛舟，想到宜阳最喜欢的那两句，桂棹兮兰桨，击空明兮溯流光，渺渺兮予怀，望美人兮天一方。

寒假了，可是要上辅导课，和第一次模拟考。我和小静、橘儿也不管，照过我们的日子，小静刚从苗栗过年回来，带了一大袋甘草水腌的生橄榄，青绿青绿的看着就要叫人冒口水，我和卡洛都爱吃，又忍不到下课，就趁着历史课吃将起来。历史先生的课是真的古老，我是说他常让我想到私塾生活，不过他长得不似观念中的私塾先生，他有一个很好的相貌，真的是像三国里的人物，身表六尺，声似洪钟，面如重枣，还有重重的络腮胡，不过已经刮得青青的了。他讲课最是多稗官野史，历史在他口里真是鲜活极了。不过打从高一时，我就奇怪一个读历史那么多年的人怎么会那样功利，他说的做人处事国家政治无不是从功利观念出发的，我想过，或许他是认为在我们这样幼稚时应该让我们早早懂得些人情世故，但是宜阳说得更对，应该让人先学了好的，再让他知道还有恶的。此时他正来来回回地在讲台上讲，龙泉街的牛肉面。到了高三，也只有历史一科仍是轻轻慢慢照它自己的脚步走，明天要月考，进度还没赶完，历史先生照说他的，圆环的……台北桥下的……成都路的……还抚着微腆的肚子满意地笑着，我们亦安然。

才一堂课，我和卡洛就把那一大袋橄榄给吃了个精光，牙齿也差不多倒了，软软的，碰到舌头都疼，可是下午我们早已打算好了要去大吃的，因为今天是小静生日，二月六号，我又拿了稿费。中午辅导课一下课，就杀到“上岛”去，“上岛”是我们在外头看过不知多少回的地方，这次终于进来了。战战兢兢地挑了个靠窗的位子坐定下来，才发觉里头的布置旧旧的，不是老，旁边桌子的人很吵，而且都是很粗野的人。拨开窗帘，窗外头是灰灰的天和台北市，我们一起用小银匙小口小口地吃圣代，都不说话，我知道是难过，因为一回一回我们站在红砖路上看“上岛”红白相间叫人觉得温馨的遮阳棚，和迎风招摇着的椰子树，总觉得那一扇厚重茶晶色的玻璃门里是另一个国度，是我们一个阳光安谧的梦。快快地吃完东西，四人就赶将出来，几乎是落荒而逃的。走吧，走罢，还好外头还有绿树和红砖路，我们一会儿又笑笑闹闹起来。年轻，真让我觉得，我呀，是个少年！

晚饭是在喜爱迪吃的，吃完要走，才发现楼上有钢琴声，于是死党又班师上去了。楼上黑呼呼的，没点灯，却在天花板上装了好多白的红的小灯，我们沉靠在厚厚软软的沙发里，头倚在靠背上，根本就是在看星星！窗边有几盆棕榈树，在夜风中微微晃动着，窗外是台北市闪烁的霓虹灯，也好。满室的“Autumn Leaves”，是我点的曲子，弹钢琴的人技巧显然不很高明，但是也好。下星期模拟考，也好。我就一辈子在这星光下做梦好了，也没跟橘儿、小静、邓发誓，太累了，而且未必真。

已经上床了，妹妹还没忘记拧开凌晨主持的《平安夜》，最近两人心都浮浮的，一定得听音乐睡去。听到“One Day When We Were Young”，就睡了。晚安，史特劳斯。

最近好容易累，因为患了B_2，过两天要模拟考了。真是屋漏偏逢连夜雨。这是头一次模拟考，我打定主意要好好地考，考得好的话会对自己的信心很有帮助的。因为虽然这学期三次月考我在班上的排名约都是十五名左右，可是到底是新功课，一点点的课程，我的记忆力又很好，不能算数的。可是这会儿要一口气读三年的书，我真是紧张了，书桌上堆得高高的，都是新新的书，本本里头也都空空的没画半点重点，因为高一高二对联考没什么概念，过完一学期就扔一学期的课本，这些书是高三开始要复习考时才新买来的，却是每次复习考都匆匆读过，重点也没来得及画。我极容易无端地紧张，一紧张起来就暴躁得跟狮子一样，两手把头发给抓得乱蓬蓬的，书扔得一床一桌，人却倒在椅子上发呆，不过还好一下楼吃饭，跟妈妈替毛毛抓狗蚤子，就又什么都忘了。

与妈妈一起看电视，《阿尔卑斯山征服记》。山上飘雪弗弗，山腰上的美国登山队扎营扎了老半天，妈妈一个盹醒，说，怎么，他们回来了？……真是南柯一梦啊，我很喜欢南柯一梦这个词，很可怕很美，就像一度喜欢觉得自己是江郎才尽了，每一跷课在路上晃荡时，就觉得自己好似那江淹，不过好歹也是有才过——所以可怕。

晚上到台映看了两片子，一是《军法大审判》，另一部是《孤星泪》。《军》不如何，很可惜苏珊娜玉没能发挥，我记得刚看过她和乔治史谷特的《忘年之爱》（《简爱》）时好喜欢她，她长得真的不美，下唇厚厚翘翘的，给人很知性又幼稚的感觉，像茱丽克丽斯汀。《孤星泪》是从小就读得烂熟的故事，现在看了也觉得满好，不过，想，到底是外国人的感情，不知为什么。

在想，天气暖时，我是会真读书的，这两天除了赶电影和觉得累外，还算读得不错，尤其复习正宗英文时倒看起了课外的 *The Count of Monte Christo* 的剧本来了，念念，学美国腔，最明显的就是不发母音 R 的音，很好玩的，觉得自己也变成了个拿根手杖的英国人，内向又孤立。

晚上杨逵先生来，他这次北上是为人家盗印他的书来打官司的。《鹅妈妈出嫁》我才刚读过，看到他好高兴，同时也想起穷困一生的钟理和，想到一般批评家扔给他们的帽子，乡土文学。说真的，到现在我还不太懂这词的定义，但按一般批评家划分给我们的感觉，毋宁就是方言文学，或农村文学，若真是这般的话，岂不是对这些勤勤恳恳的老前辈作家是一种大不敬吗？因为他们的作品何止于这些呢？我最讨厌的批评家就是这些懒惰不负责的，才看看东西就随便给人扔上一顶帽子，要不就是自己先握了一把尺，用这把尺不变应万变地来量作品，实在量不进去的就是不对不好。举个例，不少人爱拿佛洛伊德这把尺，这量量那量量，白居易的“梨花一枝春带雨”就是一个性的表现，性不是不好，但在作者的文章有一贯的高超气势时，这样凭空挖一句来极尽牵强之能事，就太不好了；还有像平剧里的《汾河湾》，薛仁贵在外戎马多年，一次回家途中见一老虎衔着一人，仁贵大惊，拉了弓就射，可是虎没射着却射到了人，虎仍衔人逃入山中了，仁贵返家，因其多年未归，妻不识，仁贵便佯装其僚友来对其妻百般调戏欲试其贞洁，最初对其妻无疑了，夫妻相认进得屋后，仁贵发现床下有一双男人的鞋，乃持鞋质其妻，妻笑道，我的夫呀，你离家多年可知你的儿如今有多大了？仁贵释疑，后来又知方才射被虎衔之人乃是其子云云，我很喜欢这出戏，有人世的明亮，尤其仁贵妻一直不恼仁贵的百般无礼，自始至终都端然，让人想到太白的《春歌》，“秦地罗敷女，采桑绿水边；素手青条上，红妆白日鲜，蚕饥妾欲去，五马莫留连。”看了但觉春光烂漫，人世洋溢着喜悦。可是用了佛洛伊德这把尺的一上来就恋母情结啊什么的弄得一团乌烟瘴气。像“露滴牡丹开”这句词，我们看了全文就都知道是在说性，可是那么美，好吧，再用佛洛伊德量吧，量尽了，说尽了，是性！可是又怎么样？作品是有机体呀，这样把它当机器来拆拆弄弄的，仅能坏了文章，即使批评家对它是誉多于毁，而且批评家本身的文章也不是创作了，对这些坏批评家，送他们一首诗最恰当，“王杨卢骆当时体，轻薄为文哂未休，尔曹名与身俱灭，不废江河万古流。”

模拟考，考得昏天黑地，要命，发现这一向差用功还是太多了，像今天考的，有三分之一都是还没来得及碰的，橘儿考得好像也很糟，两人都丧气得很，想去吃吃逛逛，可是却下起了西北雨，回了也没感觉，就无聊地在床上看《宦官秘史》。

上午游手好闲地荡了半天，因为下午要注册了，定不下心，日子怎么过得这么快呢！头发剪了五次才通过，也不烦，这可是高中最后一次的注册，有纪念性的。

石头来信，也没说什么，寄了张台大校园的照片，杜鹃花正开得缤缤纷纷的，我把它放在镜框旁边，这学期应该能用功的，因为有这些个东西在鼓励我，又和死党多人发过誓，订下不少国际双边条约，该拼得起来的。

石头是我在小高一第一次郊游时认识的，大我一届，沉沉静静稳稳的，或许也不，因为我们面对面一共就讲过三句话，发展得就像是老式的高中生笔友，他写写信给我，我也回，偶尔比着矜持，拖些时日才回。有时想起会悚然心惊，觉得自己做桩莫名其妙的事，过过日子，就写些话，投到一个不知名的地方。可是又想，在这段年少的日子里，最了解我的不是父母，不是小静、橘儿，不是宜阳、小瀚，也不是我，是石头，常常写着信，约莫我是在说梦话，或是跟天父聊天，好可怕，这世界的某一个角落里竟有个不知名的人了解你，只有他，多荒唐！但我还是喜欢石头，虽然猜了三年也没猜对他的血型。有次和死党有别扭，我伤心地写信问石头朋友之道，他回信说，他问了他的一个好朋友，那朋友答，若一个女孩问你朋友之道，那一定是个傻女孩。不过石头附了句，一笑！我果然展颜笑了笑，和死党没头没脑地又好了，可是的确我原是个傻女孩呀，不是吗？

晚上跟爸爸聊天，主要是聊妹妹。妹妹最近很痛苦，高中上了台北工专后，和以前初中的男孩分手了，现在和班上的另一个男孩很好，但男孩家里是不大愿意男孩这么早就费心在这些事上，也不是条绝人的路啊，但妹妹就是想不开，天天沉醉在自造的悲剧英雄气氛里，觉得自己马上要为一桩伟大的事牺牲，决定一晚上，哭一晚上，决定一晚上，再哭一晚上，每天就这样昏昏痴痴的，妹妹的情感着实太优裕了，她太喜欢陷在一种自己造的气氛里，往往事情只有一分，她总会弄得看起来有十分似的，我很不喜欢这样的，拿这些感情去读书、去写文章、去迷古人都好呀！爸爸答应了找个时间好好地跟妹妹谈谈，顺带问我一句，现在不要事事那么理智有主张，留个后路看你将来碰到这些个事时如何？我说，不会的，将来我定要嫁给个外国人，或工商界人士，嫁给外国人是因为我认识的每一个中国男孩都太好了，可要如何取舍？嫁给工商界人士则是想到我必不会怎么爱他的，既然一开始就没什么爱情，将来也不会有厌倦，不会离婚，为婚姻而婚姻也成。爸爸笑了，我也笑了，约是有人在说些什么荒唐的话罢。还是睡觉是正经事，就去睡了。

好冷！

又开始跷课了，才开学呀，不过一点也没觉得不好意思，每天活得都安然，理直气壮。今天起晚了，在中央党部下车时，已经九点快半了，第二堂课正在上着了罢。最近“总统府”附近红砖路边的花坛都换了花，这次是菊花，我顶不爱的，总会想到殡仪馆和可怕的线香味。荡到党部图书资料出版部，看看，很可怕，到处都是高深学问的书，只有柜台放了一迭大张的画像，中山先生慈祥地看着我，眉头微蹙，在责备我跷课，跷了十七年没做点事，中山先生的眼睛最是好看，深深的，在说好多话。我向柜台小姐说要买一张，小姐一面替我卷起来包装，一面笑笑地问我：“你们班上要挂的啊？”“……”脸一烫，我相信这会儿自己的脸蛋必是红红的，想到寇监督说过的一个七十来岁的老太太，每听到耶稣这两个字，总会脸红心跳，像年轻时一听到人家说她丈夫的名字一样，此刻我也是这样，只红着脸不说话，把它带回家，钉在我书桌前的墙壁上，从此我要与中山先生一块生活，共同努力我们的革命事业……要读书了，再不用功，中山先生要对我皱眉头了。

今天公布了模拟考成绩，班上是全校第二名，输给平班，但丁组榜首在我们班上，是江，这原就是预料中的事。我敬畏用功和功课好的同学，但是只有对江，还另有一种亲的感觉，虽然我们同学两年几乎没说过一句话，江长得很好看，人永远静静笑笑的，总听人说她很聪明，而我也是相信这点的，因为任考试火烧眉睫了，她还是一人拿着书坐在一个角落里浏览，翻两页，再看看窗外，脸上永远漾着笑，真是怡然自乐，我好喜欢的。

最让人高兴的是邓在乙组里是全校第三十二名，猫咪八十四、我是五十三，小静、橘儿都没考好。五十三，大约是不错的，因为有同学对我说恭喜，我也没什么概念，糊里糊涂地考，糊里糊涂地看成绩，可是看了猫咪和橘儿、小静，我总是会畏怯羞惭，对猫咪是觉得我冲犯了她什么，因为她一直是高高直直地领着我前面走，我是要仰望她的，而且顶多走到她的左后方，可是这会儿是僭越！对于橘儿、小静，我以前就想过了的，因为自己的读书方法一向是时间用得极少，但是专心，我常以为高三的生活时间分配是这样，十分之九的时间主要在培养好心境好情绪，十分之一的时间再去读书，可是橘儿、小静跟我又不太一样，所以我不当成天拉着她们一淘吃吃荡荡的，可是每每又压不住自己，她们是我最好的朋友啊！

只有对卡洛才生得出高兴来，卡洛在丁组里的排名是八十八，我们两个的分数却差不多，或许我们真就是望道有与谋的朋友，到现在有事没事时我们还常说，卡洛剑桥，小虾密苏里，虽然我已是不打算读新闻了。一个下午，我和卡洛在聊，她聊剑桥，依然是神采飞扬，我也依然不忘记砍她一刀，“别忘了扇炉子！”扇炉子是我们两人间的一个小典故，妈妈在新竹女中读书时有个最要好的同学也是要读政治，去英国，可是毕业几年后，妈妈去看她，她正背着孩子蹲在檐下扇煤球炉。其实那也是好，不过我们这会儿是绝对不想婚姻的事，在这个如此年轻的午后。这几天学校附近的树都在竞相发芽了，卡洛和我老看气象局旁的那棵绿绿白白的树，虽然没什么阳光，但真好。不知道将来还会不会有可以和我一起看树走路的朋友。卡洛总说，嘿，将来你们文学院……我也说，你到徐州街以后……好不嚣张，但是也好好。

一大早起了好大的雾，白蒙蒙的却又干净，像夏天早晨一样。车子开得慢，我又忙着在东门就下车，一路贪看雾，又迟到了。今天教官兴致也高，罚迟到的人跑，高一跑操场三圈，高二两圈，高三一圈。跑着跑着竟无来由笑起来，大约是第一次发现高三学生也有些许特权罢，不过我只想快快找个漂亮的女孩儿，像小静，就对她念道：

我从海上来，带回航海的二十二颗星
你问我海上的事儿，我仰天笑了……
如雾起时
敲叮叮的耳环在浓密的发丛找航路
用最细最细的嘘息，吹开睫毛引灯塔的光
赤道是一痕润红的线，你笑时不见
子午线是一串暗蓝的珍珠
当你思念时即为时间的分隔而滴落
我从海上来，你有海上的珍奇太多了
迎人的编贝，嗔人的晚云

放学卡洛邀我走长沙街，看杜鹃花去，已经听她说过好多回了，那条路上的杜鹃花最近开得很盛，发觉卡洛虽然是个很典型的O型人，但她却意外地有情趣，很懂得如何享受生活的人，尤其两人站在红砖道上仰头看枫叶和树上的小鸟窝窝时，我总想发些誓之类的。奇怪跟橘儿、小静一起晃荡的时候最长最多，但是记忆最深的却是那个看完*A Summer Place*和卡洛走长长凉凉绿绿的红砖路的夏日雷雨午后，卡洛常会让我遥想一些事，一些缥缥缈缈在我心底极深地方的事。

“我们把它解放出来好不好？”卡洛指着一朵卡在铁丝网格子里的粉色杜鹃花，我说好，轻轻地把托住，往外拉拉，没想到花儿整个掉在我手心里了，哎呀，过分自由了，我真是个粗人！想到橘儿、小静最近的清扫工作总很诗意，她们负责的是至善楼后头的小庭院，最近花开得都盛，也谢得凶，每天中饭后，只见橘儿、小静闲闲地下得楼去，“我们葬花去了。”我却在教室里扫地，扫得灰尘漫漫地刺迷了眼，合该我生来也就是该做这类工作的。

三月了，天有了些暖意。今天太阳一露脸，才发觉自己邋遢了好些时日，小静说我蓬头垢面，差不多，头发大约早上没来得及梳，外套不仅脏，扣子也都不知下落了。小媛则说我是 Cheshire Cat，《爱丽丝梦游仙境》里那只怪猫咪，我原来是只可爱的朱小喵呀！看来今天回家要痛定思痛了。

物理课，红小姐又倚在讲桌上发牢骚，说到现在的政府人事浪费，“你们看，像隔壁的气象局养这么多人，我真不知道他们成天在做什么！”“打喷嚏。”我和小苏默契之好的，全班笑成一堆，只有红小姐一人在讲台上茫茫然地看着我们。原来气象局里有一个男的一天到晚都在打喷嚏，而且一打就是连续两个，动静又大，不仅整栋气象局惊天动地，至善楼也都听得清清楚楚，有时一天没听到他的喷嚏声，大伙儿还会颇挂念的呢。

放学和橘儿、小静去新声看《春江花月夜》（*Fanny*），整场电影就让人哭哭笑笑好多回，自己也弄不清了，怎么会那么好！世上总有那么两件事会叫我哭，爱和国家，怎么办呢？只能再告诉自己，永远都不要忘记，生活！

晚上，躺在床上想，想，那蓝色潋滟的海，那宝蓝色地中海的夜晚，我想，无论如何将来我一定要去马赛的，不是誓言不是梦，不是爱上拿破仑时打定的主意，因为，冥冥中，那似乎才是我的 root，我心底深处老是渺渺不可及的东西。好乱！好乱！睁开眼睛，窗外也是宝蓝的星空，那么稳稳实实，中国的天空，我的国家，可是我更爱蓝色潋滟的海，地中海的夜晚，那是一个遥远的国度，天父啊，快快告诉我，我是哪里来的小孩儿，哪里来的？该去哪里？去那儿做什么？

日月光华　旦复旦兮

今天是三月十二日，中山先生的逝世五十一周年纪念日，也是我十八岁的生日。

一整天都在学校，少不得热闹一场。死党们送的礼物塞得我一抽屉都是。中午，我、橘儿、小静、猫咪、邓、小苏、小鬼、阿桂先到福利社大吃，再一人拿一根冰棒到操场上闲荡，也不管高二纠察队死瞪我们的眼光，学校规定东西一定得在福利社里吃完，防人乱丢纸屑。

天又蓝了，敬学堂边的枫香总不让我们忘记年轻的梦，橘儿又在一旁闹着下下星期六要去阳明山看枫树，跷半天课去，穿制服出家门，背着装满野餐糖果的书包，小静笑笑地说随便，我也笑了，却更想那广大无边的蓝，不是天空的艳蓝，是宝蓝色，而且波光潋滟的，那个好遥远的海洋。

回到家，小瀚、宜阳已经到了，还有大舅舅带了蛋糕来，吵吵闹闹一晚上，我就一人静静地上得楼去。想，十八岁，可该有些惊天动地的事才对。我端坐在书桌前和中山先生面对面聊天，我一直相信我们有一点是一样的，不是宜阳笑说的“呼毕尔罕”，我希望将来天父能给我个历练，让我撇开爱情，然后坚坚实实地跟中山先生一样，把毕生献给国家，但愿这样的祈求不是血气，我原是可以做些事的，可以的。

真的，仔细想来，现在固然抛不开诸多牵绊的事，但是在大学里，接触到个更广更大的新世界时，我将会那样做的，深深地打下像中山先生一样的基础，碰到爱情的事是无可避免的，只愿天父给我个历练，让我能撇开它，走我该走的路，我相信呼毕尔罕，生在中山先生死的那天的中国孩子当是，定是不平凡。

晚上整理照片，放在卡洛送给我的相本里，高中生活是值得永远怀念的，翻开它，真是一迳的阳光和蓝天，看了会很想哭，想，或许将来我会是个孤独的强人，但是在夜深人静时，我不会忘记啜口茶，躺在摇椅上想着，年轻的时候！

今天是我十八岁的生日，日记就记到这里，想到黛丝蕾在加冕为瑞典皇后前夕日记上的最后一段话……我无法再写下去了，爸爸，法国公民克莱雷·幽静妮·黛丝蕾的故事就此结束，明天是另一个新日子了。晚安，爸爸……那日记本是在她十六岁生日时父亲送给她的，她的父亲说，写下一个法国公民的故事。现在我也无法写下去了，但愿我能跟她一样，果决真确地这样觉到，但是今后我会做些该做的事的。

很早就睡了。

晚安，天父，爸爸，妈妈。

早上在床上挣扎了好久，还是起来了，今天是开学来第一次赶上升旗典礼，有纪念价值的呢。

最近心好浮，约是天暖了，尤其三民主义、英文和历史堂上总是听不进，只托着下巴看先生们，其中我最喜欢英文老师的眼睛，真是锐利，像尤伯连纳的，下过他很容易腼腆，我想到妈妈说的，日本人现在有一个新词，Romantic grey，是指那种四五十岁年纪的中年人，有相当的事业基础，社会经验也是，人又稳，而且富有，他们的头发多开始灰白了，另有一种丰采，现在的年轻女孩都喜欢的灰，Romantic grey，可是我不该是那么随俗的呀！索性不想这个，想 *Fanny*，想我的 *Fanny*，马赛那种春江花月夜的日子已经远去，但是在心底的深处，我仍在想念着，我喜欢这种思念，会让我觉得一切都真已去了，但却曾经有过，所以会不再，因为已经够了，那个水波潋滟的蓝色海洋，马赛是我遥遥远远的梦，不过我都会把它们埋在年轻的心底，走我该走的路，再讲一次，生在中山先生死的那天的中国孩子当会是不凡的，好了，要读书了，别老装作没看到教室前头墙上的父在对你皱眉头！

晚上和卡洛去台映看试片，一是 *The 14*，一是《雪海冰上人》。*The 14* 其实我已看过一回了，不过卡洛还没看，就陪她再看一次，也值得的，难得一般西方人也正视了高华德在与詹森竞选总统时提的现代三大恶，一、社会保险；二、国民总雇佣；三、膨胀经济。我问过爷爷这三项其恶为何，爷爷三句话就说了清楚，社会保险是使人的肌体与自然的风霜雨雪隔绝了。总雇佣劳动是使人的生活与广大的文化面隔绝了。膨胀经济是使人与物的素面隔绝了。这让我想到禅宗《碧岩录》第二十七则“云门体露金风”，原文如下：

举：僧问云门禅师：树凋叶落时如何？

云门云：体露金风。

我问爷爷，若是印度佛教的答该是如何呢？爷爷说，印度佛教的答该是“寂灭为乐”，而禅宗答“体露金风”，那完全是中国的。《旧约》里也有太初洪水退落后方舟里出来的挪亚，他就是树凋叶落时体露金风，而新世界是如此开始。文明生于人对大自然的感。若是浴汤都不能以手试知温度，而必要用寒暑表来量，这就是人体与大自然隔绝，一切建设亦都成为不亲切，不能成为文明的了。从来贫寒之家的子弟多有志气，志气是生在薄衣俭食，肌体对于大自然的星月风露的感激，诗里有花时轻寒，暑气荷风，立秋与冬至，于人体皆感觉得亲，但是现代人住在冷暖气温度调节的室内，先就肌体与时令节气隔绝了。现在人们也不看月亮了。史上开国之人皆是体露金风。大英雄是贵气喜气他都有，而常不免衣食之忧。他与当代的志士们自然闻风相悦，而亦必定受到小人的侮辱。他是露出在大自然的意志与息里，所以感知历史的气运，会无因由地感知天幸。

早上又挣扎了好久，因为第一堂要考国文，要默《泷冈阡表》这一课，天知道我昨天回来太晚，又累，没背一个字，可是还是上学去了，在车上背，到学校时正正好背完，结果考了九十九分，对自己的记忆力又信心大增。

一整天没什么事，中午到活动中心吃冰棒，看小高一的练篮球，应该会想到乔和猫咪的，可是竟一点感觉都没有，置身事外，大约罢。

没看书就睡了，看《寒流》，现在愈演愈好，一点都没有平常这类东西的八股气息，很难得的。

晚上盖妈妈新制的缎面小被子睡，半夜却淅淅沥沥下起雨来，冷冷的，我坐直起来，愣愣地念道，“帘外雨潺潺，春意阑珊，罗衾不耐五更寒，梦里不知身是客，一晌贪欢。独自莫凭栏，无限江山，别时容易见时难，流水落花春去也，天上人间！”念完倒头就睡，好像一个梦，一个凉凉远远的梦。

放学回家，才知道卢伯伯昨天夜里去世了，是胃癌。我趴到卧室窗台上看卢伯伯的家，他们阳台上又是碧绿一片了，爬墙藤又盛得跟每个春天一样，凝神聆听，又仿佛可以听到卢伯伯在用那浓浓的浙江口音教君君唱小儿歌。我的卢伯伯！

第一次见到卢伯伯，我五岁。妈妈带我们去景美的一个教堂玩，卢伯伯一身黑黑的袍子，挂着一条亮亮的十字架链子，走过圣坛前总跪下去在胸前画个十字。我的棒棒糖掉了，他也跪下去帮我拾起来，吹吹上头的灰尘，递给我。

第二次见到卢伯伯，是在阳明山。卢伯伯把我扛在肩上打前锋，一口气冲到山腰，也不喘气。我们在山顶上等其他人，我还骑在他肩上，风大大地吹着，看着山下小小的人们，觉得真是伟大。

以后我常看到卢伯伯。他和心岱阿姨也搬进我们的村里住，我们总爱跑到他们家。冬天时，坐在被子堆里逗猫咪波波；夏天时，小屋子又闷又热，我们就挤在那个妈妈说是蝇量级的小电扇前抢风吹。

后来他们搬到街上的公寓房子去。卢伯伯说是爱吃妈妈做的菜，所以他们总在星期天傍晚来，心岱阿姨骑辆亮亮绿绿的迷你车，卢伯伯骑辆吱呀呀响的老爷车，说是两百块钱从旧车场买来的，那让我们偷偷地笑了一晚上。

我们很爱爬山，而且每次都想自己探险出一条新路。卢伯伯总拿根木棍在前头开路，大汗淋漓中常意外地递给我们几颗长在茂盛草丛中不易发现的小红草莓，我们把它拿来染嘴唇，卢伯伯总擦着眼镜上的热气看着我们笑。

后来有了君君，卢伯伯扛着他还是要抢前锋，可是心岱阿姨怕长长的割人芦草会伤到君君的嫩脸颊，卢伯伯就走后头，路由爸爸来开。

我总不忘记有次卢伯伯落后了很多，我们到了瀑布好半天才瞧他们远远小小的身影。吃过野餐，大伙都就地躺着晒太阳，君君要粘人，卢伯伯只好扛着他站在一块大石头上，我仰头看着他们，瞧见卢伯伯在微微地喘着气，山谷里没什么风，但是我却觉得卢伯伯是站在一个大风的山冈上，迎着天空站得高高挺挺的。不知道君君觉不觉到伟大，他那么小！不过我想也无妨，反正他大了以后一定会懂的。

后来我们两家又一块儿到景美做邻居。那时家里还没有电话，常常有男孩子打电话到卢伯伯家，每次去接的时候，卢伯伯即使本来正好好地在客厅里看书写稿，也会假装到院子里去浇浇花拔拔草，免得我不自在。我常常想跟孩子时候一样地跟他说些话，可是总怕这种刻意的谈话反而会显得见外，而且年轻的世界里有太多的新鲜事情让我分心，我总是挂上电话，跟卢伯伯笑笑就走了。

一回很丧气地挂上电话走出客厅，正在院子里松土的卢伯伯突然一抬头问声："今天怎么这么快？"他的镜片被热气熏得白蒙蒙的，竟是一片苍茫的气象。随后他又笑了笑，继续低头做活去了，我一时只觉得他是《教父》里那个在女儿婚礼上落寞的老父亲。

妈妈每回从荣总回来，总是告诉我卢伯伯现在是如何如何的瘦了，我总爱说现在高三功课忙，还是下星期日再去看卢伯伯罢。回到书房又觉得难过，卢伯伯的书房正对着我的窗前，他们阳台上的爬墙藤已经只剩几片枯红枯红的叶子了。我总是不去想妈妈所描述的病容，在我的心底，卢伯伯永远是屹立在山冈上的，虽然喘着气，可是肩上是扛着个君君的。

卢伯伯去得很平静，相信他在天上的生活必也是这般的，迎风站立得高挺挺的，好伟大！我想君君长大以后一定会了解的。

无缘无故又跷课，躲在图书馆里本想看看英文，可是到底还是忍不住掏出昨天爸爸才买的《溥仪 · 爱新觉罗自传》。这本书真是好，不仅是本传记里的翘楚，而且它是文学的，听说这是老舍为溥仪执笔的，难怪！不过最近报人有人在骂这本书，说其中又有毒素云云，看了好生气，难道好作品就都要栽在这些整天说这个毒素那个反动的人的口里吗？

放学在校门口等死党，半天，拦截到小静一人，也好，两人一块儿去东南亚看《深宫怨》。记得初三时看过一次，叫我满脑子一星期都挥不掉史帝华葛兰杰的湛蓝眼睛，以为这回起码也会流些泪，可能长大吧，竟没怎样，但是我仍然喜欢结尾那一段……她从来不提他的名字，因为他依然活在她心底的深处……我喜欢看她迎风屹立着接受她的子民们的欢呼，那是我所愿的，但愿有一天我也能够迎风站立在这世界上，心底的深处埋藏着我那亲亲爱爱的年轻恋人。

怎么办，好久没看书了，课本的书。成天就睡，一睡又十个小时，却又活得快快乐乐地以为自己一定会进台大，骑四年单车。

下午和橘儿、卡洛去看朱铭木雕，意外地碰到宜阳、毛毛和老五。朱铭是真的大，而且中国，处处都见无限意。晚上到国宾看《飞行世纪》，很小的时候就看过了的，还记得那时笑倒在妈妈怀里，这会儿依然笑，笑得眼泪都流出来了，忽然好想妈妈，好想家，看完电影就快快回家了。

开始放春假了，一早和卡洛约好到台大医学院的图书馆读，其实主要是为着医学院自助餐的葱油鸡腿。医学院的芳草绿树没叫我怎的，倒是心如止水，或许是因为身旁的卡洛是个O型人，换是爱说疯话的橘儿，我又不知要发什么誓了。想来最近心情真是不太稳，乱七八糟的，又老出言不逊得罪人。

还没等到十点，我们就急猴猴地在餐厅外头等吃了，果然吃到了鸡腿。吃完逛了逛校园，又偷拔绿枇杷吃，天凉凉，怎么！三月就要这般过完了？

莫道书生空议论，

头颅掷处血斑斑。

这是邓拓在狱里自杀前留下的诗句。这几天《寒流》正演到“燕山夜话”，邓拓、吴晗、廖沫沙。前两天演的是《海瑞罢官》，田汉的《谢瑶环》。我想到以前看过丁玲的《太阳照在桑干河上》的一段对话，真是完蛋至极，我常不明白人的变化怎么会那样大，想到我的一直想读史，可该如何看人呢？爷爷说，良史是要能通天人之际，穷古今之变，与一代江山有知音。王者能对一代人是知音，而是史亦能闻弦歌而知雅意……旧戏里演正史演稗史皆有中国文明的真实，此即是成为良史的基本条件。而一喜万人喜，一悲万人悲，剧中人与观众可以是这样的知音，一代人的好恶感怀，有性之所同然，情之所同然，理之所同然，此则便是天下大一统之所在。至于史学呢？爷爷说，中国史学前人已有那样好的成就，但我们还可以有新史学，新史学并不在于发明，去发明历史，那么史即成了有永远发明不尽的阴暗部分，且连那发明的部分亦到底不能算数。新史学是写古时的事亦只如写的现在，写自己，因为人是生于一个时代而同时亦生于许多个时代。吴季札观乐，我们不但从他的话里晓得了诸国的前朝后代事，而且更看见了吴季札本人。不过不管怎么说，我都最喜欢《三国演义》的开头，话说天下大势，分久必合，合久必分……

今天依然和卡洛到医学院读，两人先约了到学校后头绿墙里去吃早点，烧饼油条和咸豆浆。卡洛说，豆豆今晨回家了，豆豆是去年夏天我送给她的男猫咪，今年开春不知流落到哪去了，我笑说豆豆八成昨天在人家家里听到《寒流》里林豆豆的名字，才夜深忽梦少年事！

快到中山南路的一条巷子里，有一家庭院大大的树枝子伸出墙头，全都是粗干干，没有一根细枝叶，很怪异的，卡洛问我那是什么树，我亦不知道，只记得夏天放学到“中央党部”搭车经过这儿时，会有一树的黄心白花，地上也落的是，我总捡几朵带回家，想那约是张爱玲《连环套》里说的鸡蛋花罢，“是鸡蛋花。”卡洛说哪有这种草草的名字，不过她是相信我的。我跟卡洛说，夏天，这个夏天它会开一树，到时我们再来看好不好？卡洛笑了。我在想，这个夏天不知是个什么样的，凤凰花可也红？

才坐定，图书馆工友就在查学生证了，我和卡洛只好出来，怎么办？九点半了……等自助餐吧！虽然才刚吃过早点。两人今天把医学院独独两棵枇杷树给搜括殆尽，好歹来了也得有点收获呀！

中饭吃了去台大校本部逛，吃霜淇淋，两人各吃四个，然后到活动中心看蒋公逝世周年纪念影片，看得心沉沉的。四点多，吃了几包七珍梅，捡了几颗绿橄榄吃，再站在罗斯福路上看看木棉花，就回家了。

留在家里读，十一点才起床，吃吃喝喝，今天又是个完蛋日。

早晨从淅淅沥沥的雨声中醒来，觉得人生真是可怕。

等不到车，就回家算了。妈妈以为我还在放春假，也不管。抱着小蓝晃荡，晃到十二点吃中饭，游荡了好久，高三流浪的日子我是过怕了。想起来就伏在书桌上与天父聊聊，然后翻开《圣经》，是《诗篇》一一九篇六十五节，谦受耶和华命令者学习知识，看了不禁笑起来，连天父都要我读书了！

今天出了太阳，这种天最最好了，干干凉凉的，有太阳有蓝天，邓和小苏、小鬼竟拿纪念册来找我写了。中午赶忙拉小静、橘儿到操场散步，走走三人竟欷歔不已，我看看橘儿愁苦的眉睑，可不要老掉啊橘儿！我记得认识橘儿还是因为高一上家事课，我们两个被分到共用一个缝纫机，初看橘儿，会以为她不知有多精明，不过两堂课下来才知道她也是瞎能，一架好好的缝纫机被我们弄得七零八落，看透了她后，才更爱她那眼皮深深有自来笑的大眼睛，和弹簧一样卷卷怪诞的笑声。

阴阴凉凉光阴无尽的至善楼里，我在写纪念册，我的朋友啊！永远不忘记邓的真，小鬼的纯，和小苏的怡然自乐。至于猫咪呢，我只能说，令我心仪的女孩，让我再叫你一声，死小孩我的猫。卡洛呢？今天我们又打了勾勾发了个誓，她仍然剑桥，我密苏里，发完了誓才又觉到怅怅然，想到白先勇小说里的人世沧桑，其实真的不敢想大学毕业后的日子是如何。

放了学和小静赶去东南亚看《巴顿将军》。看完了又赶回家看孟子，过两天要第二次模拟考了。累得一塌糊涂，匆匆跟老孟道晚安就上床了。

一早到学校就看到我抽屉里猫咪的信。

小虾：

杜鹃已凋谢，在绿园中的日子所剩不多，在离别前夕我想告诉你一些话，不管你我将来是否有缘再相聚，希望你不忘我们所共同编造的歌声、欢乐。

第一眼见到你时，我就告诉自己，我想和这个娃娃脸上有两颗慧黠眼睛的女孩做朋友，初识时，我曾为你的天真、乐观所吸引，你是个有才华的女孩，你的理想与抱负是不同于他人的。日子渐从快乐笑声中过去了，我对你有了更多的认识，我喜欢你真心对别人时，如天使般可爱的笑容，但我总感到你对我的友情是如此的不真实，我不希冀甜如蜜的小人之交，只愿拥有一份平凡而真实的友情，每当我想到自己以真诚来对待你时，又不禁想到你对我只不过足以一种泛泛的态度，我就好难过，真的，假如我对你不曾喜欢过，我就不必如此，我觉得我所付出的竟是投桃报李，高二那段日子，我多矛盾、多痛苦！我认为还是让我们的友情慢慢褪淡的好，这是我一直都没有告诉你的，我总以为朋友相处总应以诚相待，这才是最珍贵的友情，你说呢？但我愿告诉你，I'm Still fond of you，真的，我想，我会永远记得敬学堂枫香的日子，光复楼长箱上的暖阳和歌声，杜鹃城中篮球艳阳下的青春时日，和我们心灵中许多小默契。窗外那棵芒果树已快结果了，让我告诉你。

May God Bless you！

猫咪 一九七六、四、九

P.S. 但愿来日于傅园中相会，我愿和你再扬起 When I was just a little girl……

看得我眼泪直流，猫咪是我最用心、最最用过情的朋友，可是现在我们竟客气得连陌生人都不如，为什么我从小就最会闯祸、最会打破东西呢？我总坏事情……不过这会儿我不要哭了，我要去想小鬼写给我的话——久仰你山洪暴发式的衣柜，不知哪一天能亲临现场观看盛景，还有可怜的鸭蛋，在讲台上辛苦了半天，也没法把你从梦中唤醒。你总是说我是小鬼，太纯了，不让我看“那种”书，每次都把我气死了。是了，我一辈子都不让小鬼有“那种”书，我是个顽劣小儿，我要小鬼这个小天使来带我好好好好走向上的路。

跷课在家，读书读得慌慌的，却又吃了十包五香乖乖，先后抱了小蓝、归归、帽帽、单单、毛毛、奴奴、甜甜。乖乖是吃伤了。

模拟考考得乱七八糟，考完三人敢死队似的赶到老山东去吃家常面，然后我和小静去东南亚看《夕阳》，不管明天还要考三科。

终宵未睡，读地理，这才又真慌起来！七十四天了，看吧，爸爸妈妈我要为你们读好书，我对着“总统府”发誓，可是天是蓝的，一跟橘儿、小静、邓荡到中山北路上又忘了回家了。四人又跑到喜爱迪去听钢琴，还是那个破破的琴师，可是我们是星空下的老朋友的。我说，一辈子就在星星下做梦了。不过想到夏天的雷雨也快来了，雷雨后的夏日午后，该有个长长凉凉绿绿的红砖路，让我走个没完，风再起，叫我一路立大志下去。也不愁。

第二次模拟考公布成绩了，真是滑稽，班上数学是全校最后，六科总分却是第一，实在也奇怪，班上打从高一起就是散得出名，高二为了争学校班级合唱代表权，进而全省合唱优等，忙得功课也不顾，全班成天就快快乐乐地唱个没了时，直叫导师替我们这些业余学生担忧。可是升得高三后，又爆出冷门，功课一下就抢到前头去了，不过气氛也还是散散的，尤其前些时周会，莫名其妙地得了个秩序冠军奖，我们正由诧异到狐疑到高高兴兴地把锦旗挂在教室的成绩栏上，第二堂下课训导处就广播要高三和班把秩序冠军锦旗缴回去，因为周会报导错误，高三和是最后第一名，不是从前头数起第一。班上笑得比得奖还快乐，其实也散得好，让我想到江山代有异人出，各领风骚数百年。

爷爷从日本回来了，这次要住上个半年，隔壁心岱阿姨正好搬到永和，房子空着的，爷爷就要住进来，我们也好有个照应。爷爷在日本住了二十多年，生活得闲云野鹤，而且尽与汤川秀树和冈洁等物理数学家一起做学问。爷爷应晓峰先生与晴岚先生之邀，毅然回来教书，是觉得家中有故，浪荡子要回来看看了。

今天是爷爷在我们家的第一餐中饭，只见爷爷飘飘长袍一身，吃着饭就与我们闲闲地讲起学问，我喜欢看爷爷的手指在桌面上轻轻随意地画，那真是叫人要端然，一代江山就尽在其中了，想到唐魏徵的诗《述怀》：

> 中原初逐鹿，投笔事戎轩，纵横计不就，慷慨志犹存，杖策谒天子，驱马出关门，请缨系南粤，凭轼下东蕃，郁纡陟高岫，出没望平原，古木鸣寒鸟，空山啼夜猿，既伤千里目，还惊九折魂，岂不惮艰险，深怀国士恩，季布无二诺，侯嬴重一言，人生感意气，功名谁复论。

爷爷就是这般的慷慨志犹存，杖策谒天子。爷爷今天讲的是塘沽协定，陈英士、黄膺白、蒋介石、张群。我以前看过黄夫人沈亦云女士著的《黄膺白先生家传》，当时只觉得黄郛先生人好，可是爷爷讲讲，我更觉得与他有一分亲了，就像我在大陆上的大伯父二伯父，我没见过他们的，但是理当我们是在一块儿的。爷爷要我读《亦云回忆》，是本很好的书，我又要焦急了，不光是手头上没有这本书，还想到爷爷说过的，学问要靠仙缘，还有一个时字，纵然用功，学问却像花朵的要踏正了时辰才忽然地开放。碰到爷爷是我做学问的仙缘，时呢？怎么我感到时不我予了呢！

昨天是小苏的生日，今天补过。中午放了学，先到远东公司地下室采购吃的。小鬼闹着要味全草莓冰淇淋，我和小静要杜老爷巧克力的，橘儿和邓要瑞士巧克力，猫咪是随便都好，一时冷冻箱旁的火药味颇浓烈。最后还是小苏先笑了，小苏是寿星，但是胃不好，什么冰淇淋都不能吃的。

又到小苏家闹一场，吃饱了喝足了，相照完了，大伙儿就东倒西歪地赖在小苏床上看小说聊天。我看小苏郁郁的，知道她一定是在想功课的事。小苏的父亲是台大农化研究所的教授，本来压力就大，前年哥哥没考好，现在她更是觉得有双重压力，虽然除了笑，我和小苏没怎么聊过话，但是知道她是很在乎功课的，可是也是个不怎么用功得起来的人。

看看她倚在门边的模样，不禁叫人很怜惜起来，小苏是更瘦了，虽然她一直是少见的瘦得很好看的女孩。她和班上的小凌都是漂亮的瘦姑娘，小凌还要瘦，腰只有可怜兮兮的一捻，脸蛋白白清清的，细细的微血管都看得见。我和橘儿都很喜欢她，尤其她走起路来跌跌撞撞的模样，很可爱的，我总愿意把小凌想成一个纯情柔驯的小女孩，因为她也爱对事事反讽一番，也不是不好，这样对事情也许容易看得清些，但也使她少掉不少可能是世间难有的好东西。

明天是母亲节了，放了学去洛洛买那只老早就打算好要送妈妈的大狮子！那只狮子是很可爱的，趴着的姿势，粗粗的腿爪子拢得笨笨翘翘的，脸上金黄蓬松的毛把两个笑嘻嘻的眼睛都给藏起来了，像只松狮狗，不过舌头是粉红色的，淘气地伸出来，真是调皮捣蛋。妈妈一定会爱得不得了的，妈妈那么大的人了，还是爱洋娃娃和玩具毛毛狗，每每买些送给我们当生日礼物，最后一定都会全在妈妈的床上了。

妈妈果然好高兴，抱着大狮子走前走后地给人看，炒着菜都舍不得放下来，我想到常听外婆说的，婴孩时候常常我一人在婴儿车里睡熟了，婴儿车是停在外婆家东边院墙的荔枝树下，妈妈却抱着猫咪窝在楼上看小说看入迷了。妈妈给大狮子取名叫婷婷，那是妈妈以前顶爱的一只大老粗狗。我看妈妈抱着婷婷叽哩呱啦地笑啊闹的，觉得实在不像是我的妈妈。我常常有孤儿的感觉，不过也没悲伤意味，像上学期我和橘儿常常晚上留在学校读书，七点钟时，橘儿一定要跑到校门口去，她爸爸替她送热腾腾的饭盒来。九点钟回家时，凄风苦雨，橘儿爸爸每每已等在校门口接她回家，只我一人慢慢走在空荡荡的“总统府”前，又冷又饿，像个小乞儿，不过我是读书人，那就想自己是宋濂，《送东阳马生序》里头那个惨兮兮的宋濂。我常听同学说当个高三生在家中的特权，例如不用洗碗，我也会来羡慕羡慕的，因为姊姊住校，妹妹在学校忙活动，就我一人在家，爸爸妈妈又常不记得我是高三学生，结果就我一人在，在支撑这个家，想想又有股悲剧英雄的意味。

今天导师替我们复习地理，她在黑板上画了一幅大大的南欧地图，最令人头大的。中间一大片空白是地中海，是透蓝透蓝波光潋滟的海，前天跷课去日新看第三遍的《金玉盟》，才发觉白天的地中海也是那么蓝，虽然卡洛说那是布景，但是我却是不信的，春江花朝秋月夜，每一个马赛宝蓝的夏夜都在我心底。

快停课了，最近班上在送老师纪念品，奇怪每一个老师都提到婚姻，“等你们将来结婚时，不要忘记请……”“等你们将来结婚时，老师一定戴着这条项链去。”我们送给红小姐一条琥珀项链，红色的。在想，我一直忙着爱我的海棠叶和英雄古人们，怎么会有时间谈恋爱！

今天是高三的最后一天了，也是高中三年的最后一天。一整天，我都跷课躲在图书馆里，不知道是不是为了抓些空读书，还是我希望不要有最后一课的感伤，我愿意什么都如常，以后回想起时，也不会有什么结束的感觉。

下课号角响了，外头又吵吵闹闹的，我坐在图书馆二楼的窗边，可以看到旁边敬学堂呆呆的小高一在窗边打板擦，不知她们可也像我们一样爱那棵阳光中金绿的枫香。橘儿、小静这会儿在做什么呢？上一堂是英文，班上也不知有没有乖乖地上完它，但愿像平常一样，然后英文老师在讲台上抬起锐利深深的眼睛，无奈地笑笑，完全就是薛尼鲍迪的模样，而我是那敬慕他的学生茱丽克丽斯汀吗？我们一样有个厚厚翘翘的下唇。我想到《吾爱吾师》片中的最后一景，茱丽跟薛尼鲍迪在毕业舞会上的一支舞，镜头故意运用得摇晃不定，茱丽的头发扎成两个高俏皮的马尾，她看着她最喜欢的老师，女学生咬指甲说故事的日子马上就要过去了。此刻我想也同露露一样唱出对老师的敬爱，我拿起笔来，写下一封信给英文老师，想着他深深利利的眼睛。我又抄了一份《吾爱吾师》的歌词给他，我亦要唱给我最喜欢的老师听：

Those school girl days of telling tales and biting nails are gone,
But in my mind I know they will still living on and on,
But how do you thank someone who has taken you,
From crayon to perfume.
It isn't easy but I'll try if you wanted the sky,

I'd write across the sky in letters,

That would soar a thousand feet high.

To sir with love.

有一个梦，忘不了的。

糊里糊涂地就毕业考了。今天一考完，我们三人，橘儿、小静、我，就又跑到喜爱迪去听钢琴，看台北市的阑珊灯火，我们都不说话了。

毕业考的最后一天。第一堂考完，有个小高一的来传话，说英文老师中午在光复楼二〇四导师休息室等我。下一堂地理考，惶惶地读不下，只有卡洛放下书本问我怎么样。什么怎么样？一直只有卡洛知道我对英文老师的心情。

我是低着头进二〇四的，也是低着头出来的，因为他的眼睛太深太利，我不敢看。也不记得英文老师说了些什么，可能第一个问题约是问我读得怎么样了，我只管低着头，意外发现自己的白皮鞋不很脏，大约是前天放学时的那场大雨洗的。迷迷蒙蒙地拿着英文老师的回信走出光复楼二〇四，带上门，我不会忘记的，不会忘记少年时候曾有那么一个会叫人脸红心跳的人。

晚上去台映看电影，一是《春晖处处》，一是《仁爱》，后面这部片子极好，描述非洲赖索托国内一个黑人小孩和白人小孩的故事，此刻我极想回头去做小孩，小孩天真无邪，小孩的眼睛比谁都漂亮。

小静回苗栗了。晚上一连打了两个长途电话去，一是叫她好好用功读书别乱跑，一是叫她听我弹刚找出和弦的《金玉盟》的主题曲，我也学片中的海伦海丝，把个装饰音弹得笨笨拙拙的，让小静在电话那头笑没停。好小静。

还没行过毕业典礼，就老觉得有什么事情没个了结，读读书，心一点都静不下来。我和橘儿约了到学校图书馆读，而且她在二楼，我一楼，天人两隔，免得一聊起天来又一发不可收拾。可是橘儿还是借故拿几颗糖下来给我吃，我也拿一朵早上在介寿公园摘的羊蹄甲花给她，橘儿漂亮，适合粉红色。两人跑累了，就一起到福利社聊天，要不早早回家。一个人时也读不下书，想东想西，想傍晚的圆山桥动物园，中山北路，想金山露营，想喜爱迪里碎碎散散的钢琴，想和卡洛约定了的夏天到中山先生纪念馆前广场放风筝，不知可有大鹏鸟的风筝。烈日，汗水，五月的雷雨，凉凉绿绿长长的红砖路，想小童，奇怪一到这种天我就会想他，或许那是小童干干净净走出我的世界的季节罢。

也想英文老师，那总叫人怦然心动，想着我走出光复楼二〇四时,他利利深深的眼睛。想到他很老师的回信。想……若有一个战事……我们将在大草原上相会，像齐瓦哥医生和娜拉，我也将以解人的笑来化开他的保护层，当然他有家的，然而我当然爱他的妻，和子……有人在写小说了，我且就停笔了罢。

决定不到学校读了，在家虽然也闲，但是没看到别的同学的紧张，自己也心安理得多。

最近和爷爷下五子棋，每下必输，但是爷爷仍说，聪明，我亦老下不厌。爷爷时时都在讲学问，昨天中饭说维摩诘，今天晚饭说东坡，说东坡的被谪黄州，被谪黄州与海南岛，他的文章才像一枝好花的满满开了，这里超过了人事的成败，因为“时人见此一枝花，如梦相似！”。英雄美人都是万民的亲人，所以是冤家，在一淘时便这样那样都不对，要凌辱他，不在一淘时，又别人不想单想他。史上的英雄美人都是千载后被人想他也想不完。他在时是世人对他，像对一枝花，如梦相似。《诗经》里写美人，“委委佗佗，如山如河，象服是宜。”英雄美人你何以见了他当下便觉得亲？因为你见了他就是见了天地万物，而且就是见了你自己。你对于这个自己可不知要怎样才好，如此就懊恼起来了。这不是在梦中吗？你要敲打出响声来听听，你要咬你自己的手臂看痛与不痛。这就是屈原的何以遭放逐，王昭君的何以不得不出塞了。

爷爷现在每星期六都与我们讲《易经》。先时我只要听人说《易》是一占卜之书，总会无端地生起气来，可是听了爷爷说占卜之后才懂得这无与有的阴阳变化，处处都开向着未知，处处都是生死成败之机，连是非善恶亦都是疑问，若要占卜，何时都该卜一卜。爷爷说占卜：

《易经》的卜卦，是凡好卦都有其不可安心之爻，而凡不好的卦，又都有可以转机的爻。这里的骨子仍是在于天地人三爻，有了人的因素在内，遂一切不可逆转的亦皆是可以逆转的了。譬如说，困难是损害志气的，而《易经》却说，“困，君子以遂志。”这并非所谓征服困难，而是对困难也发生了欢喜。凡好事都是从灾患才生出来的，如因雨雪而发明了伞笠，有了伞笠乃是可以与雨雪游戏了。

还有我们也与爷爷一淘玩耍，我们到碧潭的上游去，沿着河堤走一阵子，我们都走在堤防上，看蓝蓝的天下高高低低的红砖房子，房子顶的红瓦上有老猫咪在晒没完的太阳，有不按牌理出牌乱长的绿草，还有破铜烂铁，和小人的下门牙，我想。我们还坐渡船过河到对岸，昨天一场雷雨，今天的河水混混滚滚的，船夫猛朝远远的上游撑去，我们要到河正对岸呀——原来这就是高二时老师日日说的三角测量，我想船夫未必如我一样约约知道赛因扣赛因，但是他做得又熟又好，真是中山先生说的，不知亦能行。

船到河中央时，突然颠簸得厉害，猛下沉，再又突地向上一掀，我一向有些神经质，这会儿觉得自己是死透了，又活过来了，我抓紧着船沿，尤其感谢地看着依然亮亮的阳光。爷爷说，这些些个像是渡汉水，当下我就呆住了，那原是我梦想过很多回的，可是这会儿不正是吗？不辽阔的水面上，可以清楚地听到午后的岸那边远远农家的鸡啼，和妇人说话的声音，真是如在日月山川里听不尽的渔樵闲话。我们问船夫这渡船的船资可如何算，船夫正色地答道，一人三元钱，然后仍娓娓道来今年的河水怎样比往年急些，什么什么庄稼今年的收成不好，也没一点抱怨牢骚的意思，我们亦端坐，静静地听他。在想，我对这江山不也是时人对此一枝花，如梦相似！

好无聊的毕业典礼，闹闹乱乱的，本来只有唱《骊歌》时有些动容，不过小高二乐队吹奏得实在破，惹得大伙儿又破涕笑开了。只有我和小静、橘儿总也觉得没完，三人固执地去荡，荡到美加美吃冰淇淋听电子琴。今天情绪不好，电子琴真是一个没文化的东西！

橘儿在长智齿，我好像也是，长长停停，痛得要命，可是橘儿那乐观的本性真是天不怕地不怕，说，这样也好，联考前只要能增一些智都是好的。

只剩十八天了，和橘儿两人约定好好开始过种新日子。果然，今天一早八点就到学校图书馆，却是都没吃早点，饿昏了，我一时馋起来又想吃七珍梅和山楂果，橘儿奈不过我，也只好想吃，两人就千里迢迢跑到远东百货去买，却是公司十点才开门，地下超级市场也得九点半，两人只好坐在红砖路边等，也不聊天了，我想到真的这种日子马上就要没了，我是说放学背着书包和小静、橘儿一起晃荡回家的日子，而且小静把中部学校填在前头，离家近，我和橘儿又都没填台北以外的学校，尤其橘儿是台大图书馆第一志愿，然后师大，再跳到辅大淡江，我则是台大除图馆哲学外都填，然后政大，政大完了就淡江，因为我一向对辅大印象不好，橘儿则是很讨厌政大，陈绣明事件使不少同学舍政大不填呢。

两人各买了两大包的七珍梅和山楂果一路吃回去，没吃完，就到教室找猫咪请她吃，没想到教室有那么多人，有心心、有佳玲、文英、翠敏和郁秀那群我一向喜欢的可爱好女孩，也有黄玫的那群死党，明惠、小丽、慧玲、汪汪。清音是回南部念书去了。黄玫她们是紧接着我们这群死党后头坐的另群死党，平常我最喜欢静静地在前头听她们谈话，黄玫是她们都宠的宝宝，慧玲像妈妈，总叮嘱她们这个那个，但没一丝妇人气，清音就是成天笑个没完，汪汪是班上最嗲最甜的女孩，长得很媚。最可爱的是明惠，不知怎么我一直记得很清楚她是狮子座的，大概是她一暴躁起来就跟头小狮子一样，但是她的暴躁绝对都是出于她的正直坦白和正义感，所以当了几任的风纪股长都能当得最严而不得罪人，也长得很好看的，有些像娇娇张俐敏，不过又还要明艳清爽得多。

我们把蜜饯打开都分了吃，一时气氛好好，大家都放下书来吃着聊着，我看着她们一张张年轻飞扬的脸，外头的阳光一寸寸地爬进百叶窗来，还有凉凉软软的风，气象局的那个男的又及时地连打了两个喷嚏，威力不减当年，我们都笑了，我想我们是很亲的，联考真的把我们不分彼此地凑成一堆共患难的朋友，我将永远珍惜这段缘的。

吃过中饭就回家了，还是该在家里读的，比较静得下心？其实也不，一回家就抓人昏天黑地地下五子棋，下到傍晚天是绯色的，我就抱小双双到院子里看花，小双双是单单在我毕业典礼那天生的一个漂亮的小姑娘，白白长长的鬈毛，眼睛鼻子跟单单一样的黑亮。我把她认作我的小外甥女，奴奴是我哥哥，单单是我妹妹，奴奴是小双双的舅舅。我常觉得无父无母无姊妹，姊姊好像从没比我大过，总是我的同辈的朋友，双胞胎都不够，因为双得太厉害也不像是我的姊姊了。所以我都管奴奴叫哥哥，他带我走捷径上小山岗，我拿小石子当投手，他从来都没漏接过，即使我是大暴投。

联考愈近好像也愈不真实了，偶尔一焦急起来，就扔得一床书，要不打长途电话到苗栗听小静轻轻的笑声，要不画时间分配表，结果画得一抽屉不实行也不惭愧。有时抱狗抱猫晃荡太久，爸爸也会用商酌的语气说：“去读读书怎样？”其实我也有读书的，读阿辉的《拒绝联考的小子》和《红楼梦》。

阿辉是和姊姊同届一淘玩过的，他书中的维维即是姊姊最要好的同学，看完了这书，觉得阿辉做得没错，但是我更想去擦一擦大专联考了。

今天儿是七月一日，只有妹妹陪我去联考。

坐在公车上，对面有两个也是考生模样的女孩，闲闲地坐在那儿玩指甲聊天。我却紧张了，昨晚半夜快四点了才睡，今天眼睛涩涩的，可是仍然没命地在翻书，妹妹在一旁劝我："好了，不要那么紧张，随便考考就没事了。"我知道的，昨晚妈妈才晓得我老早就放弃了数学，她和爸爸在楼下书房咕咕叽叽讲了一晚上，尽是叹气急躁的声音……我看她能随便挂上一个学校念念就算不错了，这句话说得很大声，我听得很清楚，但也不惊，当时还想潇洒地挥挥衣袖，想到温瑞安的诗《黄河》中的一段：

而春山是爱笑
明天我的路更远
马蹄成了蝴蝶
弯弓射箭，走过绿林
我是那上京应考而不读书的书生
来洛阳是为求看你的倒影
水里的绝笔，天光里的遗容

挽绝你小小的消瘦
一瓢饮你小小的丰满
就是爱情和失恋
使我一首诗又一诗
活得像泰山刻石惊涛裂岸的第一笔

我是那上京应考而不读书的书生，来洛阳是为求看你的倒影。

考区在弘道中学。我们在“中央党部”下车，我仍边走边没命地翻书，妹妹在旁搀着我，我是那上京应考而不读书的书生，来洛阳是为求看——十字路红灯一亮，妹妹一把拽住了我，放下书喘口气，才发觉阳光像每一个日子一样那么亮，绛红色的“总统府”正挺挺地对着我。

这会儿可要发誓吗？……不了，十线道的宽敞大路正向着我，金黄的阳光洒在上头，而且有风，有风！想到昙花开的夜晚，岁月变得好悠远，爷爷啜口酒对我说，李世民十八岁就打了天下。我亦要回答爷爷，风起的时候，我就要做那只大鹏鸟，凌空一飞，飞到那九万里的高空里，与天父守着我的海棠叶，其翼，若垂天之云。

一九七七年阴历三月三日

行行且游猎篇

李白有云，“大道如青天，我独不得出。”他说的都是史上的大人大事，弹剑归来乎的冯谖，为淮阴市井所笑的韩信，燕昭王折节拥彗之邹衍，洛阳少年贾谊，还有剧辛、乐毅等等。我却把来说我与这个秋天。

今秋是特好特长，我却是日日伏读书为文，丝毫不觉有负秋光。连那淡水我都一次未去，此时方更知那淡水也不是个可狎昵的，虽然我曾与它共过生死，是常存愿同尘与灰的心思的。

却说那日刚刚把三三的新书库打扫干净，就在家的斜对门，出得门来见马路空旷清爽，那月光又明，忍不住凌空跃起几个舞姿，由于近日跟着妹妹勤练平剧压腿，身子尤其矫健，光见地上的影子便知好看，虽然我跳的是《西城故事》里的几个剧照的舞姿呢——才一个收定身，见不远处慢慢行来一个人，哪敢多看，赶忙夺门回了家，但还是知道那人是住对面的一个老单身汉，且脸上有着笑！喘息未定，我这厢也窃窃笑起来了，见自家身上穿的是套pajama，就是《罗马假期》里奥德丽赫本一心想穿的那种宽大的睡衣睡裤，但这一舞起来岂不狼狈，遂回到现实里，上楼校稿去也。院子里的桂花好香，是秋香。

其实这篇文章我原在暑假就早开始写了个头的。现拿出来看看已不是那个心情，但写得仍然真实，我将它录给诸位看看好吗？

两年前八月的一个晚上，我们在最后一班开往淡水的火车上，趴在窗口，看夜晚的江水和观音山。心情一阵平静下来，泫然欲泪，想到七十岁、八十岁的时候，我一定还要来此刻此地，且不知那是怎样一个心境，一个时代，也许台湾小地方都没人一顾了，一个夜深的忽梦少年事，我又跨海而来到这小小的海边小镇……

前几日傍晚一个人特特地来坐一趟黄昏的车去海边看霞光，晚上回来，车过竹围，只见竹围站边的几幢四层公寓刚上灯，想到去年过此时，房子正兴建中，都是钢骨鹰架，夏夜风凉，有个工人在无四壁的房中搭了袭绿纱帐，人睡死在里头，掌着个小红灯，海风吹得那帐子一鼓一鼓活物似的，而那天正是中元鬼节，我和材俊、阿丁巴巴地正从台北赶去淡水过节。一个女孩到阳台上收衣服，收得晚了，想有些反潮——不知有多少人已结婚，生子，死去，小小的这一堆房子已不知有多少故事了……

还是先来交代一下读《击壤歌》的朋友们问了又问的死党们的现况好了。橘儿、小静那年联考都没考上，这也是所以会写《击壤歌》的一大原因。橘儿重考一年，上淡江历史，小静是那年考夜间部，上兴大社会，现都还在学校。笑说与我最要好的两个男孩子朋友一样，宜阳也是台大历史，小瀚是台大社会，我们三人的头都没输给谁。宜阳是后来一起办三三的谢材俊，小瀚三三的幼瀚，拓跋瑞，林瑞，老端端，最原来的名字是林端。老端端今年毕业后即在《中国论坛》当编辑，身边已有一红粉佳人，就是阿丁、小羊笔下绝妙了的吕艾艾，吕艾艾也写得一手好文章，跟老端端是一马双骑走天涯。

再说回来，卡洛考上东海政治，次年转回台大，第一学期就拿了书卷奖，现在人在宾州，读读看情况不一定去法国念社会福利，她仍是强悍一如往昔。猫咪是台大法律，猫咪高三时用功得不得法，得了习惯性偏头痛，到了大学时人还是灿烂不起。我最记得大一时，一回和材俊在校园里贴三三海报，猫咪正好经过，材俊忙拿了才出的集刊第一辑里我写猫咪的那段给她看，猫咪路边站着就看起来了，我又紧张得一手是汗，只管埋头认真地抠图钉，心悬着，悬着——弹着弹着我想到走在南欧阳光下的麦可，猫咪啊，猫咪，我该哭的，可是合上琴盖，我们竟不说话地回教室，猫咪，事情真真是一场梦，我累了，想睡——大太阳，猫咪看完了，把书合上了还给我，满眼是泪，我们仍然没说话，猫咪走她的路，我继续钉海报，想钉出一整版最漂亮夺人的让三三第一辑便一炮而红！

小鬼是台大会计，小苏是淡江日文，年初将去德州改念电脑。黄玫是台大哲学。阎是台大图馆，阎大一时就与群分手了，群是上交大，与毛毛且是高中时的好友。对了，还有个毛毛，有没有，我、宜阳、老端端，添个毛毛，就是日后三三里人称的四人帮，毛毛那年拿了《联合报》征文的首奖，丁亚民。联考却差了，重考的那年读的是台大“图书馆”系，阿丁那哪是读书啊，成天就是个交朋友，他在总图里有个包厢座，我和材俊无事便去找他，常时人不在，桌上却一大堆各路人马探问他约他玩儿的纸条子。

《击壤歌》刚写好《闲梦远　南国正芳春》那部分时，便赶快拿了给他看。图书馆里阿丁看着，我站一旁也跟着再看，看到写乔的那段时，正好看到乔那头进得即便是图书馆，也是左一声嗨右一个拥抱地在众人中周旋，阿丁说，你看她又在办公了。两人笑起来，然我心中真的是无事，不像阿丁，真的是那些岁月啊，就是整个托付给唐了。

那年冬天……那年冬天阿丁是有极多故事的，我唯一定要记下的事却是一桩纪录，吃东西的事罢了，是一个秋末的下午，四人大风里走福和桥到了永和，后来老端要赶回学校上课，四人不甘心走原路回，就走下桥去打算涉水过，福和桥下的芦花高过人，芦花雪白雪白是全台北最好看的，我们在里头漫漫穿梭，那秋光辽远，使人便不管它的只管走呀走，全忘了原先要怎的。

后来我读伍子胥的去楚奔吴一事，便就屡屡想念起那个下午。却道伍子胥刚过了昭关，又被楚兵追逼至鄂渚边，遥望大江，茫茫荡荡，此时恰有一渔翁，便渡了他。上岸至吴地后，渔翁见他面有饥色，便将舟系于绿杨之下，入村取食去。这伍子胥等等不安起来，想那楚国正四处重金悬拿他，且人心难测，便隐于芦花丛深处，渔翁取麦饭鱼羹回来不见他，便高呼："芦中人！芦中人！吾非求利者！"子胥方出，饱食一顿后，遂解下腰间的祖传七星宝剑以答渔翁。渔翁却说楚王有令得伍子胥者赐五万石，爵拜上大夫，我不图彼又如何受此，更何况君子是无剑不游的，谢绝了赠剑。子胥问渔翁姓名，以便日后图报。渔翁说我这波浪生涯，虽有姓名，何期而会，但日后有缘再会时，我呼子为芦中人，子呼我为渔丈人，足为志记耳。

这里面的景景我都想把它画下来，却是来日大难，口干唇燥，今日相聚，皆当欢喜。后来我们总算穿出那芦花丛，但见前头亦是大江茫茫荡荡，非如阿丁一路所坚持的“发誓那下头是干得只剩一点点水”的，不甘心，也曾撩起裤腿涉水，离岸没尺来远那水深已及膝了，遂放弃了。后循原路赶回台大，老端还上了一堂课，我们三人在外头等。新生大楼的风最是炎凉无情，便吃茶叶蛋取暖，结果这一吃呀，阿丁吃了八个，材俊七个，我六个，简直一点情调都没有！这是那年秋天里的事。我此刻却满心满心想告诉材俊阿丁，来日大难，我们再见面时便我呼你为芦中人，你呼我为渔丈人以为记好不好？

我真的好想念四人帮在淡水过的那个夏天，和材俊勾指头约定了要写下来的。材俊先写了好几集的“当我到达凤凰城”，我却是迟迟一触都不敢触。那年夏天啊……我不晓得要怎么来形容，想来想去还是体露金风四字，四人皆纯纯净净地成了个少年少，又或是完全无心思的滩上弄潮儿。那淡水夏天海风好大，而其实我们过得最又是家常日子不过，写稿的屋子在一株大凤凰树下，正临克难坡，树上果一蓬蓬的艳火，我们发愤写起稿来挑灯夜战，睡到白日也不知几点了，都是不戴表的，只好跑到外头太阳地上看影子猜时间，见影子短短，猜是十一点了，结果晃去莱西老板店喝百香果汁，方知是下午两点了。傍晚镇里荡上荡下总不腻，见山水好，便去坐渡船，对岸的妈祖庙正在整修中，无甚香火，便一人去求一签重振振她的信心。那日黄昏绝好，我们站在八里的渡船口，风大得——得前倾着身子才不致给刮了去。我是一有风的日子便全无意见，看定了海口那天际的晚霞，连喊声好都不愿，四人站着呆看直到天黑。

稿子都写好后，莱西老板带去淡水湾海钓，痴迷起来，从早上十点晒到下午三点，疯狂到家！回来后几天不得好好睡一觉，全身没一处可碰。每天醒来后四人皆各自躺着以撕皮为业，阿丁那厢不耐起来，鬼哭神号开始 Glen Camball 的歌，唱了满意地叹起气来，唉，我这副嗓子生在美国就好了！不等三人喊打，先抢了机先嗨嗨地咳两声不好意思起来，那不好意思是有上文的“诸位真是过奖了过奖了，不好意思不好意思”。

我们总是三四天钱用尽了，不得已方回台北。每次过到后两天快没钱时，便四人掏尽身上财产悉数交给老端当总务股理财，材俊则是体育股，负责决定饭后是敲杆好，还是打小足球，或走路去，我和阿丁则是纯消费股，是两个 O 型的家累。回到台北时也是好，一身红红亮亮走在街上好不得意，仿佛是夺了世人的先声似的。

清水岩看海天又最好，那庙前广场全是典型现代庙宇粗陋的水泥地阶水泥栏杆，但却也好，把阳光总反映得格外明迷。

去年我想死的时候，在此求得一签，是第三十九签，签云：“有虎下平洋，猿猴四畔栏，一时牙爪奋，远近敢当前。”

遂坐定在那棵苦楝树下，一个黄昏写就了《昨日当我年轻时》。后来每见黄昏方知那文章写得绝好之处是只有我一个人知道的，可是得意啊，是阿丁说的“这人强悍”！

屏东的黄昏又是了不得的，或许因它添了风中招摇的椰树黑影，一切遂都风情起来了。因着《击壤歌》而结交的朋友直又是一场风光更过书中的人事。我本想先来说小羊和俊颖的，但不知怎的不由得要写屏东三剑客，清宝、词修、李疾。或许是阿丁的话，因为最南方，夏天的风最先吹起。而真来说他们实又无话，清宝的文章是极抢眼的，现是皇冠力捧的新人，阿丁文章里写过清宝的人和文章，多有意见，我却迟迟不忍，在等啊，等……还有个词修我最喜欢，初与词修的一席话简直惊动，数人从深夜聊到次晨太阳东升，座中无缘故我话最多，其实皆全为说与他一人听的，想想那南方果也孕育得此奇人，看着他欢喜得不知怎么好，傻到央他拨起额前的发让我看看，这么聪明的人！我是最喜欢宽额亮眼睛的人。

词修那年考上文化国剧组，那华冈也是个钟灵毓秀之处，太阳雨的天气，彩虹可就在路旁脚下的山谷中，像做梦一样。可是对词修我完全认生了，我是对心爱的人最易心生恐惧无常，生怕人家就要不喜欢我了，要对我失望了天啊。这词修暑假我又见得他一次，他和清宝骑车到屏东糖厂找我们，刚病过，整个人更形苍白细致，聊着天，精神涣散，看了直不忍，不能置信，愁肠到头反而狠绝了心，想你果是对我们失望了，岂知是你先让我失望的——可是啊，好遥远的一个好世代好天气里，三个男孩在屏东的下淡水溪干河床上各抒自己的少年豪气，那天地可也是真旷远，他们的话声隐隐直到天际。我想念。

《击壤歌》出了后，我每到学校必去华南银行附设的信箱处看看，每去便得一沓信。我大一大二上课任性到只上体育军训，被爸妈讥为台大体育系的。每次都是军训课堂上看信，看了也大都不回。军训是在新生大楼上的，下课行经醉月湖，我偏是孤乖，不愿随人情调到湖畔徘徊或怎的，但见那浓密的杨柳是好的，秋冬那杨柳落尽，便天地荒荒，朔风野大，但其实我总是心满满的，只觉定要更灿烂有力气起来，做个历史大人，方不负这些喜欢《击壤歌》的相识不相识的朋友。好多好多写了信来而我没有回的朋友，请你懂得。

这其间有个李二筠。二筠那时读台南女中二年级，亦如乔一样是个学生界里的锋头人物，她的锋芒更是不弱乔的亮得人睁不开眼，也一直只有乔和二筠现在无论何时何种心情见了我都是长长喊一声“虾——”，可是这二筠又完全让人放心得不得了，小小年纪气魄大，但完全是古城出来的古风，见了面先惊奇她北方大妞的厚朴深处，讲讲话又更喜欢她的行礼如仪。人世灿烂风光的一面她已全有，但深沉长远的一面她比什么人都能担当。

来说俊颖了。俊颖给我的第一封信是他高二升高三却刚知悉要被留级一年时匆匆写了一封限时信，老老实实问功课可要如何来振起，完全是一封仓皇的高中生的信，看了却暗暗惊奇，晓得要与此人过招，当是在另一种的性命交见里，遂没有复信。一年后俊颖又来一信，是刚在书店里看毕集刊，便快快骑一街单车回家写的，此信登在即辑的集刊风信篇。后俊颖虽在高三仍陆续来了诗和小说稿，其中的《桃花渡》更是写得好不得了的。俊颖的信写得极好极真，我不写信的几乎也是封封都回，俊颖且也是个易被风和阳光撩拨的人，寒假和同学去成大住着写稿，或在成功岭，或在哪儿玩，来信上必定开头一大段的风和阳光和蓝天和星星，让阿丁屡屡笑说他是三三特派的驻各地气象观测员。俊颖北上读政大后，不知怎的我隐隐觉得惆怅，家常日子一过是再难见到他的信了。可是十月十日大伙去看烟火，又一路大风里走至圆山饭店前看城市灯火。第二日又几人跑去再春游泳池，结果那天大雨并未有土风舞晚会，一腔好心情便淋雨走到士林吃蚵仔煎，阿丁请客，算是勉强遂了心。过两天俊颖有一信，是怕我难过那晚的冷清，说："写一段那日在仙枝家背的爷爷的句子；照绮席，有如花如水红妆，倾国倾城豪杰，高阳酒徒，还与那沛县亭长，一般好色。我仍最记得去年十二月，淡江溜冰场的如水好风，我们跳过的舞——现在是四点半，出太阳了，我一直要告你《小巨人》里老酋长的话：只要风吹草长，天空是蓝的，土地就是他们的。这记忆一直也是我的，像你的《击壤歌》。”

看了当然再看，但果然也认生了。可是又见信纸末附一句，“这信写得极糟，卡片已做完。”遂又开心大笑起来。卡片是三三书坊的订户资料卡，现由俊颖负责做成档案。我这笑竟也不知为什么，但真的是开心啊，想这俊颖也是个百无禁忌的泼辣的。俊颖且说，“我也要学仙枝向天文说的，要一块一块钱地存起来，替天心买一件最最贵气华丽的新娘服，真的。”不为此，我也敬重俊颖是生世的伙伴。

初时我偶复信，总是告诉人家，我们在办三三呢，告诉他们中山先生的事，还有我们交朋友的心情。也是引得一场少年风发，但别人可不问这下文，我是时时要拿来问自己的，又要讲伍子胥领吴军大破楚郢后，掘楚平王尸，鞭之三百以报父兄仇。故人楚大夫申包胥遣人责子胥：“以故臣而僇王尸，此岂其无天道之极乎！”子胥沉吟良久，乃告来使：“忠孝不能两全，吾日暮途远，故倒行而逆施耳。”读了此话大恸，想到比如李陵的无可奈何，我真真是最见不得英雄豪杰有此种委屈蒙尘，这伍子胥绝不是我一向所喜欢的那种，但对他是牵挂又牵挂，是李白诗的“我如浮云滞吴越”。燿德便也是飞在我那人生边际上的一只流萤，飞飞或就要不见了。

燿德是天文在《贩书记》一文中夸赞再三的，说是如张良的男人女相，我却直当他是洛阳少年，该有的若何聪明才情丰采他都到极致，唯材俊说他少了胆识，我是一直掩耳不愿听，甚而想请他给《击壤歌》写序过。但燿德直就纵得少年豪情，是“儒生不及游侠人，白首垂帷复何益！”。岂知史上最大的游侠人是刘邦、李世民、孙中山，而非朱家、郭解！

话到此处，对燿德的心意实已尽，但，左想右想仍不甘心，人家夸父追日也可一口饮了黄河渭水，不够，且再饮尽了瀚海，还不够，方渴竭倒地而死的，我这厢——说个故事给燿德听。

旧说天河与海通，年年八月有浮槎，去来不失时。有个人志气好大，造了艘大船，存有极多粮食，便前往了。初初十来天还见得着日月星辰，到后来就一切茫茫忽忽，连昼夜都觉不出。行行再十余日，见有城郭状，待行经方见屋舍甚严，遥望宫中多织妇，见一丈夫牵牛渚次饮之。牵牛人见了他大惊：“何由至此？”那人说来意，且问此是何处，牵牛人答曰：“君还王蜀郡访严君平则知之。”竟不上岸，因还如期。后至蜀问君平曰：“某年某月，有客星犯牵牛宿。”计年月，正是此人到天河时。

爷爷是读了李延年歌《北方有佳人》，方知待爱玲有错，我是读了李白诗方惊觉自己这几年的蒙尘——流光欺人忽蹉跎，君起舞，日西夕，当年意气不肯倾，白发如丝叹何益——我这里百般这比那比，完全只为得说给燿德一人听的。

今年夏天又开了一次同学会，我第一热心地跑了去，班上共五十六个同学，到了有二三十个人，死党二个都没去，我却也不心冷寂寞，反而忽地要起宝来，周围一堆人笑个痛快，虽然那些是同窗三年但非熟相识的。大家果是不一样了，座中除了几人，其他皆是要出国的，且有一半在暑假里就要走，去读的都是一流大学，非纯为赶留学热潮的。也有几人已做事，中一个是现在最大的建筑托辣斯的“台北房屋”总经理的女秘书，打扮得风华绝代。我这厢头发梳做两条辫子盘在头上，身着布衣，系条邋遢颜色的印度裙子，西餐面包吃完吃别人的仍喊饿，毫无长进。

不知怎的，我从不多跟同学甚或是死党讲三三，只想打造一个好世代给她们，不要她们做事做粗了手——心底更大的恐惧是怕世人闻此皆掉头，有如东风射马耳！

大苏来晚了，披泻一肩直亮的头发，远远进来就笑得灿烂，颀长的个子，模样分明贵气清洁的女儿样，走路却一步大一步似男孩，我看得很喜欢，撒起娇来，空出身边的椅子老远央她过来坐嘛，自己都吃惊有此胆气！我与大苏纵是合唱团里共过患难的，但也断无此等亲狎交情的。大苏的脸儿且好光致如婴儿一般，对面同学直问她用什么洗脸抹什么面霜的，大苏咧嘴笑得傻傻的，转过头来跟我：“ㄟㄟㄟ（台湾注音，éi éi éi）你现在怎么样啊！”

大苏钢琴学了十几年，大学念的是辅大德文，九月里要去德国专志学琴，一去要好些年。我看她说话的认真样子完全熟悉了，很感动。她且也问我日后要做什么，我说办三三啊。平日人问我此话，我总说得理不直气不壮，是怕什么啊……天文说的："这我也才晓得了虽千万人吾往矣的心情，不仅是激烈的，也是极其柔和的，柔和是因为太喜欢这世上的一切了，连这个世代的败坏和沉沦都不忍舍弃，还要眷恋，还要徘徊，还要对每一个感到歉意，仿佛是自己错了。"

"这个好！你这样做下去是对的。"大苏肯定坚决地告诉我，她那神情完全是小孩子认真执意，我依念！当场红了脸，讷讷的无言以对，想她当然未必知三三的抱负——但心已不等我脑想地引她做知己了。

爷爷书里写过："再过几年，朱天心在北一女的那些同学都就职的就职，结婚的结婚了，又若干年后开起同学会来，见了面个个变得俗气与漠然，像《红楼梦》八十回后有一章是'病神瑛泪洒相思地'，昔日的姑娘都嫁的嫁了，死的死了。这时你对变得这样庸庸碌碌的昔年同学，你又将如何写法？这不是一句往事如梦可以了得。以前你曾与她们是同生同死的，现在她们不同了，而你还是昔日的你，你今是拿旁观者的态度看她们吗？但她们虽变得漠然了，她们的身上亦还有着你自己。你是如同神，看着现实的她们，也看着你自己吗？以前你与她们一道时，其实你也是有着高过她们的，现在你真高过她们了，依然是侪辈啊！《方舟上的日子》与《击壤歌》是永生的，但今你已不能再像从前的与她们玩了，昔年的男孩子也是一样，他们也不能再与你玩了。以前是大家都年纪小，大家都与天同在，与神同在，所以你与那些女孩子男孩子如同一人，而今是离开了神，只有你与这些人们，以前你是不知不觉都是写的神的示现，神的言语，而现在你是用的什么语言，写的什么现象呢？如现在的日本作家，他们写历史小说，写自传式的小说，写眼前的景物，写广岛与长崎原子弹的报导小说，便是都在这一点上失败了。连后四十回的《红楼梦》也是在这一点上烦恼了，不说失败，也是失意，然则今后朱天心将怎样来打开这一关呢？”

几年间我屡屡读此皆掩卷，直不忍啊，完全无能为力。此时抄录下来，边读边思之再三，心生恐惧。爷爷我仍无能接此招，请您再等等，再等一等好吗？

死党是大学时仍时时聚首，尤其是任一人过生日时更是必到得全。邓死后凄凉，好像少掉了好大一块什么。相聚的时候都是去陪邓妈妈，心情自又不一似了。但也不悲哀叹息，我仍是一如昔年那个小哥儿一样，护惜女孩儿到家了。今夏凤英结婚，是三三第一个出嫁的姑娘，我无来由地极伤痛，把一个珍藏的七宝烧坠子赠了她，跟定她天涯海角地去。那婚宴后我一人从圆山饭店走中山北路到台北车站，那风日景致皆如故，唯路旁枫树是更大更绿更惹我。走走眼睛一阵湿过一阵，想那橘儿、小静果然不能再一样了，但对世事我完全无憾无悔无怨尤。

日前北一女校刊社来做采访，说：“我们同学对《击壤歌》的反应都很强烈，一半是很喜欢，另一半是引为北一女的耻辱。”不是个问话，却有要我发表感想声明的意思。我无来由想起吴祥辉，告诉她们，那吴祥辉现就住隔壁以前爷爷住过的那间屋子，天文是阿辉《拒绝联考的小子》里提过的小文，与维维最要好的，然而真正那场风云际会还要看天文的《俪人行》方知。而数年后是这样的，我们家养有一只黑色的八哥鸟，天文最喜欢每天起床后带鸟笼去后院放八哥出来洗澡。那八哥在我们家混荡多时，非但没有一点学话的迹象，还弄得性子愈发野，常一人飞到吴祥辉家的树上或檐上闲做无事状，任天文叫了再叫也不搭理，因此每天中午的例行公事便是，天文一身睡衣睡裤，拎个空鸟笼去按吴祥辉家的门铃，吴祥辉也一身睡衣来应门，天文穿双家常平底拖鞋，矮矮地仰脸问阿辉：“我们八哥在不在你们家？”天啊那是《俪人行》里尤可玉和陈国儒的高手过招啊！话说着说着不住大笑起来，全无一点学姊风范很是完蛋。

写完《击壤歌》后，迟迟不能跨出去一步，笔停人也停，即使这几年间的文章收收已要出书了也做不得数。此间就只材俊阿丁了，等了又等我，等不过，一人提溜起我一肩地就走，走走这脚先暖了，我方才又认得了他们是我旧时天上的仙侣，材俊是完全苦心地要我读书，我读读几句古文艰涩便丢了去，材俊便告诉我他们不过是乡音重了些，再听听，就懂了且欢喜的，阿丁是明净从不着灰尘的镜子，我一到跟前就羞惭。送给他们的我的新书上已早想好要写什么句子，是“大恩不言谢”！

可是此时的小虾完全是初生的牛犊子拜四方的心情，怎么说哪，想一想——还是要记一段话，且不管看官说我是边城儿大背掉书袋了，“汤之救旱也，乘素车白马，着布衣，身婴白茅，以身为牲，祷于桑林之野。”讲的是商汤救旱祈雨的事。

有朝一日我便也如此，以身为牲，还于历史，还于天地。

一九八一年十二月

附 录

从前从前有个阳光世界

林俊颖

《古诗源》开卷诗是“击壤歌”，题下有注：“帝王世纪，帝尧之世，天下太和，百姓无事，有老人击壤而歌。”究竟什么是击壤？不求甚解三十年后，查阅《辞海》，才知是游戏之具，《三才图会》解说：“以木为二壤，前广后锐，形如履，先置一壤于地，遥于三四十步外，以手中壤击之，中者为上，谓之击壤。”

曾经，望字生义，我曲解为迢迢，行走漫游于日月星辰之下的大地，自然生出远游的意思。“击壤歌”后数页是“白云谣”，“白云在天，丘陵自出，道里悠远，山川闲之，将子无死，尚复能来？”背景是周穆王征犬戎到了边疆觞西王母瑶池之上的故事。

世界那么大，行行且游猎，大概是每一少年必然滋生的梦想。我们上路，途中相遇，忽忽经过若干年，到了回头一望的时候，也必然有时空久长了、开阔了以后的惆怅吧。

《击壤歌》始于十六七岁的小虾与卡洛走在台大旁的新生南路，曲终奏雅于一九七六年七月一日小虾奔赴大学联考的介寿路，不远处一九一九、大正八年竣工的“总统府”神圣可亲，她召唤着其翼若垂天之云的大鹏鸟，要直上九万里高空，守着她的秋海棠。今日再看，迤逦两时间轴点之间曾经那么飞扬跋扈的青春狂言与大梦，甚至少女的娇憨稚语，尚复能来?

纳博科夫在自传里感慨时间飞快，难免有哀思，“你和我知道的事，不久就没有其他人知道了。”然而他以螺旋譬喻拆解时间的本质，罗丽泰之父说，从中心开始回旋的第一段小弧，延续生出在对立面的第二段较大的弧，此二弧奇正相生，再外扩增生成为一更大的弧，此第三段弧与第一段正弧方向相同（啊，不要再提起永劫回归了）。海天回环。在这里，天行健四时行焉依然，但我们都要老去了，体貌的天人五衰是必然，但站在过去时间堆积的腐殖土上，“今年花发去年枝”，我们的景深、胡兰成先生所谓“人生的幅”拉开了，心灵之眼或可清澈地透视我们曾经不自觉耽溺的童蒙乐园不是迪斯耐式的虚妄一场，我们受朱天心笔下大风起兮云飞扬所兴发熏染的燃烧状态不是以逸乐自缚的虫蛹，可以诚实自剖那“春日游，杏花吹满头，陌上谁家少年足风流”的青春喜剧是什么?

时间飞逝。“我爱南国艳红的凤凰花，更爱浩浩荡荡的革命军”，整整二十年后，变徵之声出现了，《古都》开场即是：

“难道，你的记忆都不算数……”或者，得反过来比对，时间与肉身的竞技场，同在一样方位的弧度看去，《初夏荷花时期的爱情》悚然写着：“唉，人要老好久才死。”“吃不动了，走不动了，做不动了。呀，这不该是一种从不曾有的自由的感觉吗？”但昨日言之凿凿还好清晰。

时间催化，两岸的风景迁化，我们犹豫着是否以昆德拉式讥诮抵抗。

还是仿用朱氏语法吧，那时候，天空蓝多了，没有气候变迁、地球暖化；那时候，人们单纯天真，因为福山的历史终结论尚未到来，党国威权合体，固若金汤，只有一个王朝与一个王；没有网路与3C产品、前现代的那时候，一寸光阴一寸金，缓慢，甚至凝固封闭，暑夜仰望天空，我们没有多少选择而得以专心一志。

那时候，我们确实太年轻，恐怕连启蒙一词都不识。朱天心不也稍后卒先罪己那般引用三岛由纪夫的文字，“你们怎好意思这么年轻？”

书中小虾与我辈闻风起舞的那时候不超过十八岁，正符合日据时期少年飞行兵招募的年龄。固然李世民十八岁打天下，格瓦拉摩托车游遍拉美时年廿二，汤姆海顿狂飙六〇年代开始年廿一，鲍布狄伦亦是廿一岁出第一张唱片，何况那一整世代花的儿女、气象人……

确实，作为《击壤歌》第一代粉丝，焉有不被讪笑、讥刺的。

胡兰成先生的消耗青春之诫尚须数年后才得知，即便知道也不了解也是马耳东风。我辈追随者恐怕正是将此书视为消耗青春潮骚的合理化范本吧（“革命不〔就〕是请客吃饭”？）。当第一代粉丝也已老花、发苍，我们希望坦然反视那被引用多次且让我再赘述一次，《西游记》尾声唐僧师徒四人来到灵山上了无底渡船，忽见水中流尸，赫然是自己的凡胎肉身。

众多《击壤歌》的品评，“红楼梦前八十回的大观园”、“不知人间疾苦的有情”分占光谱两头。对于相信不疑的，我们是分享共有了那个一切明朗有情的阳光世界，在那里，此书是我们的黄金盟誓之书（朱天文语），封存少年的精魄。我所谓的黄金盟誓，是在所有的嬉戏、所有的童音稚嫩言语、所有被眷顾的（走马斗狗赏花冶游，理直气壮的不事生产）每一太阳之日、所有的祈祷之后，那信仰之所在的核心，如此纯粹，我们即是神光灵光，是自转长新的法轮。何需召唤，大风起兮，我们自己的光照亮了自己。那是少年的本色。

（山海经：“汤谷上有扶桑，十日所浴，在黑齿北。居水中，有大木，九日居下枝，一日居上枝。”）

但是少年终究不是物质不灭。汉娜鄂兰写班雅明的文章有这么一段：“生命虽然注定毁于时间的蹂躏，衰败的过程同时却也进入结晶化的过程，在海洋深处，曾经活过的生命沉没、分解，有些东西‘受到大海的催化’，以结晶化的新形式与新形状存续下来，保持原貌，等待采珠人有一天来到，带回众生的世界——是为‘思想的碎片’、是为‘无可名状’之物，或许更是永恒的‘元始现象’。”鄂兰解释元始现象，“是一种可以在宇宙表现中发现的具体东西，在其中，意义与表象、语言与事物、观念与经验都是同一的。”

同一的，约略等同八十回前的大观园的纯真直观，不证自明？一旦吃了禁果，张开了眼睛，离开伊甸园，忧患开始，磨损开始，两难开始，我们遂恒处于分裂不堪？（“一个人不快乐，因为他说了他想说的，另一个人快乐，因为他不说他心里所想的。”）

许多年后步入中年的今日，少年远矣，让人怯于相认，然衔命不得不再次翻开《击壤歌》，纸页泛黄，流年似水，不舍昼夜，我不怀旧，不伤逝，更不眷恋动心、愿望逆转时间再来一次（将子无死，尚复能来？），虽然阅读中偶尔不免要笑出声要脸红，我暗暗惊讶书中的阳光世界何曾黯淡？青春早期的热血何曾冷淡？那些如同精卫鸟鸣的自创言语又何曾弱去？

是我们这一代夜深忽梦的那一块陆地漂移的彼岸彼世界。

走出大观园，开始了向老衰死亡倾斜，向昨日之我割裂判别。只是，何需我多说，若没有《击壤歌》那少年精魄（不管是法西斯少年还是哪吒），小虾如何蜕变成为朱天心？背负着往日的青春荣光，记忆的铭刻，假装是那小驼背人吧，偏偏不与时人弹同调，在她建立的文字国中，爱波、鹤妻、袋鼠族、阿里萨、左翼政治犯蒲岛太郎、眷村兄弟、香茅油拍档、漫游两都城扪心自啮的你……无一不是可以在《击壤歌》那些元气好儿女找到呼应的前世位置（那么，谁是谁的流尸？），他们在各自的时光钟面忠于一己内心的金石声上下求索，自苦苦人，其彷徨不正是鲁迅写过的："有我所不乐意的在天堂里，我不愿去；有我所不乐意的在地狱里，我不愿去；有我所不乐意的在你们将来的黄金世界里，我不愿去。"

就某种玄秘的意义，此少女之书是后来那忧愤著书的朱天心的定风珠，免于她被时代的罡风吹向虚无深渊。这么多年，她始终行走路上的既徘徊也是矫健之姿，一步一步贴近了鄂兰所写在人海、时间之海、记忆之海深处声纳探测并采得结晶的珠宝，那些不被收编正视的、畸零废弃的、边际异议的（包括街猫），她带回世上，重新摊在我们面前。

作为《击壤歌》第一代粉丝，再一次回头一望，不必感慨"日月忽其不淹兮，恐美人之迟暮"，更不用丧气"去圣邈远，宝变为石"，我更看见在那朱天心的源头，更有巨大的光源，随着资料档案陆续解密出土，其身形日益清晰。

啊，那生命中第一弧的至福时光。一如海水浩渺，不足船过水无痕，而是复归大海。于此书我若有愿，惟愿后来的新生代因此也得到他们的至福时光。无以回报，且抄录胡兰成先生的两段文章：

以前我也飘过海，不过这次我才觉海的好。从窗口望下去看海水，不能想象海水会溺死人，简直可以如履平地地走过去。佛经说海水不宿死尸，人来到这里确是连生死之情都解脱了。上有黄云，下有浪花如万荷叶中朵朵白莲，云天跟海水在船的周围环绕回旋，船的前进遂觉得不是一直线的，却有徘徊多姿了。海上时时飘雨，亦一处一隅有晴，连阴晴都分不清，只是一片宇宙的元气，而离合悲欢与惊险亦在这元气里变得极淡。我忽然觉得自己是很好的。

——一九五〇年九月二十八日致唐君毅信

照绮席，有如花如水红妆，倾国倾城豪杰。高阳酒徒，还与那沛县亭长，一般好色。始皇帝三十六年，秦社稷之末，数年少项籍，刘季约莫半百，老了郦食其七十，天下事未晚也。遍击筑催觞激烈，一杯看剑气，二杯生分别，三杯上马去，指顾间东下齐城，垓下歌逼。早轵道衔璧成昨迹，龙战已毕，果然的汉家日月，只赢得游子悲故乡，几回泣下沾臆。本来是惭愧商山四皓，白云苍水。

——一九六一年一月四日致唐君毅信